フランソワ＝ルネ・ド・シャトーブリアン 著

Atala et René

アタラ
ルネ

マテーシス 古典翻訳シリーズ II

高橋昌久　訳

風詠社

目次

凡例

一．本書は底本として François-René de Chateaubriand, *Atala - annoté: Les Amours de deux sauvages dans le désert*, Independently published, Kindle Edition, 2020. 及び François-René de Chateaubriand, René, University of Toronto Press, Kindle Edition, 1957. を用いた。

二．表紙の装丁は川端美幸氏による。

三．読書の助けとして本書末尾に編集部が文末注を施した。

四．小社の刊行物では、外国語からカタカナに置換する際、原則として現行の現地語の発音に沿って記載している。ただ、本書では訳者の方針から、古典ギリシアの文物は再建音で記載している（アガピ→アガペーなど）。なお、脚注にできるかぎり現代語のカタカナ表記を付した。

五．本書は京緑社の Kindle 版第八版を底本とした。

訳者序文

シャトーブリアンはフランスのロマン主義作家であり、その代表的人物の一人とも言える作家である。だが日本において彼は名前は知られているだろうが、作品はあまり読まれていない印象を受ける。この作品の翻訳系譜を辿っていけば、第二次世界大戦あたりは翻訳され、そこから類推するに読まれていたみたいだが、次第に翻訳されなくなった。そしてやはり読まれなくなったのだろう。そこで彼が復権できるかどうか、彼の代表作二作を世に送り出して試してみようと思った次第である。

両作品は感情が迸る情念的な作品、つまりロマン主義的な作品であることに疑いはない。そして人生の空虚さや、逆らえぬ運命に呑まれていく人物たちを描いているところは今にも「文学」と言っていいものだろう。

本作二つ、特に『アタラ』はアンドレ・プレヴォーの『マノン・レスコー』と通ずる部分も多い。女を連れて逃走していき最後に待っているのは破滅であるところがまさにそれであるが、ただ主人公の男は『マノン・レスコー』のそれに比べれば罪を犯さないので、こちらを「綺麗なマノン・レスコー」と呼べるかもしれない（あちらを「汚いアタラ」とするのが適切かもしれぬが）。さらに、宗教的な要素が加わったり運命そのものが人物たちの手に抗えぬ「虚無感」

も取り入れられており、単なる情熱だけを描いたロマン主義作品ではない。情熱を超えた先のものもまた作品内で描かれているのであり、決して安易な学問的な「ジャンル分け」をしてもいいものではない。

他方、本作は読みやすく、作品内の展開も追いやすく、変に展開や描写をくねらせない「王道的な」ところもある。特徴的だが癖はなく、かといって浅いわけではない。文学作品としての読み応えは十二分にある。

アタラ

プロローグ

かつてフランスは北アメリカにおいて、ラブラドル[1]からフロリダまで及び、また大西洋の海岸からカナダ北部の最も奥深い湖にまで至る広大な領土を有していた。

同じ山脈から流れ出る四つの河川がこの広大なる大地を分けていた。サン・ローラン河[2]は東に流れ同じ名を冠する湾へと広がり、西の河は名も知られぬ海へとその水を流し、ブルボン河[3]は南から北のハドソン湾へと走るように流れ、そしてメシャスベ河[4]は北から南のメキシコ湾へと流れる。

この四つ目の河は、幾千キロの距離を流れるものだが、それをアメリカ合衆国の人民は「新たな楽園」と呼ぶほどその流れに沿えば美しい風景が見えるものであり、フランス人がルイジアナという優しい名前を残したほどである。ミズーリ、イリノイ、アーカンソー、オハイオ、ウォバッシュ、テネシー等、メシャスベ河から分派する多数の河はその泥土により土地を肥やし、その水によりその土地を豊かにする。冬の洪水でこれら全ての河の水嵩が増し、嵐が森全体を襲うと、それによって引っこ抜かれた木々は水原に集まる。やがて水分の多い泥がそれらの木々に纏い固まって、蔓がそれらに鎖のように絡み、植物はそこに四方八方に根を据え、破片だらけだったものが凝固して纏まる。泡立つ波に運ばれ、それらがメシャスベ河へと降っていく。河がそれを我が物としてメキシコ湾へと押し流し、砂州についには行きつき、このようにして河口の数が増えていく。時折、山脈を通りながら激しい轟きをあげて、柱のように木々が並ぶ森やピラミッドのように連列するインディアンの墓の周りにその水域を広げる。あたかも荒野を流れるナイル河である。しかし自然の光景というものは、常に壮大さと優美さが繋がっているものである。流れの真ん中にでは松や樫の木の亡骸を運び流れていくのが見えるが、岸に沿う両端の方の流れでは、ボタンウキクサや睡蓮の島が浮かび、黄色い花が小さな旗のようにに浮かび上がっている。緑の蛇や青鷺、赤色のフラミンゴや、幼いワニ等がそこの花の舟に乗り、この移民船は風に向かって金色の帆を張り、とある奥の入り江に眠りながら入っていくのである。

メシャスベ河の両側の岸は世にも珍しい光景を見せてくれる。西側の岸では、大草原が見渡す限り広がり、緑色がかった波の流れゆく姿が蒼穹の空へと登りそこで消えていくかのようである。どこまでも果てしない大草原には、三、四千頭の野生の水牛の群れが当あて所もなく走り回っているのが見える。時折、かなりの年齢の野牛が、河川を割きながら泳いでメシャスベ河に浮く島の、高く生えた草の中へ眠りに来ることもある。その額には二本の角が三日月のようにあり、その老いて泥がついた髭を見ると、その姿は満足気に河の波立ちの偉大さと岸のほとりの豊穣さに目をやる河の神かとつい思ってしまうものだ。

これがメシャスベ河の西側の岸で見られる光景である。しかし反対側の岸ではすっかり様相が変わり、驚くべき対照さを見せる。水の流れの上にかかり、岩や山の上に集まり、或いは谷の中に散らばるあらゆる形や色をした木々は、またあらゆる香りを発しながら入り乱れ、一緒に生長し、見上げるだけでも労を要するほどの高さへと伸びる。野葡萄やツリガネカズラ、コロシントはそれらの木々の根元に絡みあい、枝を乗り越えて、梢の端まで生えて、楓からユリノキへ、更に立葵へと伸び、幾多の洞窟や幾多の穹窿、幾多の柱廊を作る。木から木へと彷徨い、小川を横切るこれらの蔓植物は、こうして花の橋を形作ることもある。この茂みの中から、木蓮が円錐形で動かぬ不動の様子でその姿を見せるが、白色の大きな薔薇よりも映えるその姿は、森全体を支配し、緑色の扇をゆっくりと仰ぐような棕櫚以外には、敵うものはない。

創造主の手でこの隠遁の地を住処として定められている夥しい数の動物は、そこに夢のような生を展開する。並木道の端では、葡萄の実で酔った熊が楡の枝にぐらぐらと乗ったり、湖で水を浴びるトナカイが見えたりする。黒いリスは葉の茂みで戯れ、雀ほどの大きさをしたヴァージニアの鳩は、苺で赤色をした芝生の上に降りてくる。黄色い頭をした、緑色の鸚鵡や、茜色のオゲラ、赤色のショウジョウコウカンチョウは、糸杉の周りをぐるぐる飛びながらそこをよじ登っている。ハチドリはジャスミンの花の上にキラキラと輝き、鳥追蛇は森の丸屋根の上にぶら下がり、蔓のように身を揺すっていた。

河の片側の草原に沈黙と安息が満ちているのならば、こちらではそれとは逆に、全てが動きざわめき立っている。樫の幹を突く嘴の音、地を足取る動物の足音、彼らの歯で果実の核をかじったり噛み砕いたりする音、河のざわめき、か弱く呻く鳴き声、鈍い獣の吠える声、優しくくうくう鳴く音、それらが和やかで野生的な階調でその荒野に鳴り渡っていた。しかし、そよ風がその地に吹いてその侘しさを活気づけて、ゆらめいているものを更にぐらぐらと揺さぶり、白や青や緑や赤の塊が混交し全ての色彩を混ぜて、あらゆるざわめきを沸き立たせる。すると森の奥から音が生じて、様々なものが目に映えるのだ。その音は、このような原始的な草原を駆け回ったことのない人間に説明しても、理解はされぬのであろう。

　マルケット神父と不幸なラ・サールがメシャスベ河を発見してから、ビロクシ[5]とニューオーリンズ[6]に定住した最初のフランス人たちは、その国で大きな勢力を持っていたインディアンのナチェズ族[7]と同盟を結んだ。客を手厚くもてなす習慣があったこの土地は、その後血みどろの嫉妬や争いがわき起こった。そこの未開人の中のでもシャクタスという老人は、年老いて賢明で、人生の世故にも通じていたのでその族の首長であり、愛される人物であった。全ての人と同様に、不幸の数々を経てその有徳さを形作ったのであった。単に「新世界」の森がその不幸でいっぱいだったというわけではなく、フランスでも彼はその不幸に遭遇したのであった。無実の罪でマルセイユの監獄に閉じ込められたが、放免を赦されルイ十四世のもとへと案内され、その世紀の有数の人物たちと会話を交わすことができた。そしてヴェルサイユの祝典に出席して、ラシーヌ[8]の悲劇を見物し、ボシュエ[9]の追悼演説も聞いた。一言に要約すると、この未開人は文明社会の最も壮麗な箇所を眺めたというわけである。

数年前、シャクタスは自分の国へと帰り休息を楽しんでいた。しかし天が彼に与えたその楽しみさえも高い代償がついた。というのもその老人は盲目になったからである。一人の娘がメシャスベ河の丘の上に彼について行った。それはちょうど、アンティゴネがオイディプスをキタイロンへと導き[10]、或いはマルヴィナがオシアン[11]をモールヴェン[12]の岩山に案内していったように。

シャクタスはフランス人から多くの不正を被ったにも拘らず、なおフランス人を愛していた。彼は自分をもてなしてくれたフェネロン[13]をいつも思い出していたし、この有徳の人と同じ国の人物に何か恩返しをしたいと考えていた。するとまたとない機会がやってきた。一七二五年に、ルネという名のフランス人が己の情念と不幸に追われるようにしてルイジアナへとやってきたのであった。彼はメシャスベ河を遡ってナチェズ族の元に行き、この土地の戦士として受け入れてほしいと頼んだ。シャクタスは彼に色々と尋ねその決心は固いとみて、養子とした。そしてセリュタというインディアンの女性を妻として授けた。この結婚が済むとまもなく、未開人たちはビーバー狩りの支度にかかった。シャクタスは盲目ではあったが、インディアンの民からは尊敬されていたので、セイシェムたち[14]の会議の末に遠征の指揮を執る者として選ばれた。祈祷と断食が行われた。占い師は占いをして、マニトゥ[15]の託宣を仰いだ。煙草が供物として捧げられ、大鹿の舌の切り身を焼いた。人々はそれが炎の中でパチパチと弾けるかを見て、天の意志を伺おうとした。そして生贄の犬を食してから一同は出発した。ルネもその一同に参加していた。逆流によって、丸木船はメシャスベ河を遡りオハイオ河に入った。秋であった。ケンタッキーの美しい荒野は若いフランス人にとっては、とても驚くべきものとして辺りに広がった。その夜、月光の下で全てのナチェズ族が丸木船で眠り、インディアンの船隊が獣の皮でできた旗を掲げ軽いそよ風をはらんで進んでいく中、シャクタスと二人だけでいたルネは、彼に己の今までの遍歴を語ってほしいと頼んだ。老人は同意し船尾で一緒に座り、以下のように語り始めた。

物語

狩人たち

わしらがこうして一緒になったのは、実に奇妙な運命ではないかね。わしから見るとお前さんは、文明人であったが未開に染まった人間だ。大いなる神様が（どういう訳かは知らぬがね）文明人にしようとなさった未開人だ。わしら二人は人生の遍歴で正反対の両端からやってきたが、お前さんは憩いを求めてわしのところにやってきたのだし、わしもかつてお前さんのような文明国に染まったこともあるのだ。だから、わしらは全然違った物事の捉え方をしていても、不思議ではないというわけじゃ。わしとお前さん、立場をお互い置き換えて最も得をし、最も損をしたのは誰じゃろう?それは精霊のみぞ知るわけであり、最も知恵の少ない精霊でも、全人類の知恵を合わせたよりも多くお持ちになっているのだ。

母がわしをメシャスベ河の岸に産んでから、次の花の月になると七十と三の雪があった。その頃からしばらくスペイン人がペンサコーラ湾[16]の岸に住むようになっていたのだが、まだルイジアナには白人が一人もおらんかった。やっと十七の落葉を迎えたとき、わしが父であり戦士でウタリッシと一緒に歩いて、フロリダに勢力を持つマスコギ族[17]を攻めに行った。わしらは同盟を結んでいるスペイン人と合流し、戦闘はモービル河の支流において行われた。軍神アレスクイ[18]もマニトゥも、我々にご加護を授けてくださらなんだ。敵どもが勝利し、わしの父は戦死した。わしもまた父を守るために二回傷を負った。ああ、なぜにわしはあの時黄泉の国へと降らなかったのだ！そうすればわしを待ち受けていたこの世の不幸を味わわずに済んだのだがなあ。だが神々はそうすることはお許しにならなかった。わしは囚われ、セントオーガスティンへと連れて行かれた。

最近になってスペイン人が建てたこの街にわしは連れられて、メキシコの鉱山に収容されるのではないかと恐れたが、ロペスという名の老いたカスティリヤ人がわしの若さと素直さに動かされて、わしを匿ってくれて一人の姉妹を紹介してくれた。ロペスは姉妹とともに結婚せず独身で暮らしていた。

二人ともこの上もなく優しくわしをもてなしてくれた。彼らは丁寧にわしの面倒を見てくれ、様々な先生を紹介してくれた。しかしセントオーガスティンにきて三十ヶ月たったあたり、この街での生活がすっかり嫌になった。目に見えてわしは憔悴していった。ある時は、わしは何時間もじっと動かずに遠くの森の木々のてっぺんを見やったり、ある時は河の岸に座ってそれが流れるのをどこか悲しげに見やったりもした。この河の水が流れる際に通った森のことを考えると、わしの心は完全に寂寞としたのであった。

もうわしがいた荒野へと帰りたくていてもたってもいられなくなって、インディアンの服を着て、片手にわしの弓と矢を持ち、もう片手にはヨーロッパの服を携えてロペスの前へと出た。わしはそれを大恩人に返して、涙を大いに流しながら彼の足元に崩れた。わしは忌まわしい人間であり、忘恩な人間だと自分で言った。「けれどもお父さん、あなたにもお判りになるはずです。私はインディアンの生活に戻らなければ、死んでしまいます」とわしは言った。

ロペスは驚き、わしの主張を覆そうとした。わしに再びマスコギ族の手に落ちることの危険性を説いた。しかしわしが決して決心を揺るがせないのを見ると、涙を流しながら、わしを腕に抱いた。「じゃあ行くのだ、自然の子よ！このロペスはお前の独立心を奪おうなどとは思わぬ。私自身がもっと若かったのなら、お前と一緒にその荒野に行って（私にとってもそこは思い出深い地なのでな！）、お前のお母さんにお前を引き渡せるのだがな。お前が森に帰ったら、お前をもてなしたこの年老いたスペイン人のことをたまに思い出し、そしてその心ある人間からお前が初めて全身に受けた優しさを、自分の仲間たちに施してやってくれ」。ロペスはこう言うとキリスト教の神に（わし自身は祈りを捧げるのを今まで拒んでいたが）祈りを捧げ、涙を流してお互い別れた。

このわしの忘恩の態度はたちまちその報いを被る事になった。その土地に不慣れであったので森を彷徨い、ロペスが予言したようにマスコギ族とセミノール族[19]に囚われた。自分の着ている服と、頭の羽飾りでわしがナチェズ族だということを知られたのだ。わしを束縛したが、若さゆえにその束縛は幾分緩かった。一団の長であるシマガンがわしの名前を聞いたので、「私はシャクタスという名前で、ミスクウの子であるウタリッシの息子だ。彼らはマスコギの英雄の髪の毛を今まで百本以上むしり取ったことがあるんだ」。シマガンはそれを聞いて言った。「ミスクウの子であるウタリッシの息子シャクタスよ、喜べ。我らの偉大な村でお前を火炙りにしてやるのだからな」。それに対し「やれるものならやってみろ」と即答した。そして辞世の歌を口ずさんだ。

完全に囚われてはいたが、最初の数日は敵を褒めないではいられなかった。マスコギ族やそれと同盟を結んだセミノール族は、快活で、愛に溢れ、喜びを表情に湛えていた。饒舌であり、その言葉は響きがよく自在であった。老いたセイシェムたちですら、その素朴な喜びを失わなかった。わしらの森にいる老いた鳥のように、彼らの次の世代である若者たちと雰囲気を共にして、懐かしき歌を歌ったりしたのだ。

この一団について来ている女たちは、若いわしを見て同情的な優しさや、愛想のいい好奇心を示してくれた。彼女たちはわしの母や幼い頃のわしについて質問した。苔で作ったわしの揺り籠が楓の花咲く枝に掛かり、そよ風が小鳥の巣の側でそれをゆらゆらと揺らしていなかったか、ということを尋ねた。また続いて、わしの心についてもたくさんの質問をした。わしが夢で白い雌鹿を見なかったかを尋ね、あるいは隠れた谷の奥の木々がわしに恋をしていいか示してくれたかどうかを尋ねた。わしは無邪気に、母親たちや、娘たちや、妻たちに答えた。「あなた方は昼を美しく彩り、夜はバラのようにあなた方を愛します。人はあなたたちから産まれて、乳房にすがり口を求めます。あなた方は全ての苦悶を鎮める魔法の言葉を知っておられます。それは私を産んだ人が私に言ったことですが、私はその人に二度と会うことは叶わないのです!更にその人は、乙女というのは孤独な場所で見出す不思議な花のようなものだ、とも言いました」

こういう称賛の言葉が女たちをとても喜ばせたので、色々なものをわしにふんだんにくれた。胡桃のクリーム、メープルシュガー、サガミテ、熊の腿肉、ビーバーの皮、身を飾るための貝殻、寝るための苔、等々。彼女らはわしと歌っては笑ったが、やがてわしが火炙りになることを思うと、彼女たちは涙を流し始めた。

ある夜、マスコギ族が森の端にテントを張ったとき、わしは「戦の火」の近く、狩人の見張りの下で座っていた。突然、草に衣服の音がして、一人の半ばヴェールに覆われた女がわしの側で座った。瞼の下で、彼女は涙を流していた。火の光で彼女の胸元に金色の小さな十字架が輝いていた。彼女は端正な美しさを有していた。彼女の顔つきには得も言えぬ徳性と熱情が見られて、それを見る者は思わず注意を向けてしまうものであった。その上、最も柔和な気風も持っていた。深い憂鬱さに結びついた極度のその感じ易さが、その眼差しに窺われた。彼女の微笑みは天上的なものであった。

わしはこれが「処女の最後の愛」だと思い、彼女が捕虜を死刑に施す時に癒しを与える役割を担っているのかと思った。このことを確信すると、火炙りは怖くはないのに動揺を覚え、口籠もりながら彼女に言った。

「純潔の乙女よ、あなたは初恋に相応しい方で、最後の恋には向かない存在だ。しばらくすると鼓動が止んでしまうこの胸の動きでは、あなたの鼓動とはうまく調和しないことだろう。どうして生と死を結びつけることができようか？あなたがいると私は自分の命が惜しくなる。私よりももっと幸せな男があなたにはいるのですよ、そして長い抱擁が蔓と樫の樹木をつなぎ合わせるように！」

その時若い娘はわしに言った。「私は『処女の最後の愛』なんかじゃありませんわ。あなたはキリスト教徒でしょうか？」それに対してわしは「私は今まで小屋に祀っている神様を裏切ったことなどついぞありませんよ」と答えた。この言葉を聞くと、女の方は思わず動いた。「あなたもお気の毒ながら、道を誤った偶像崇拝者でございましょう。私の母が私をキリスト教徒にしてくださったのです。私の名前はアタラで、金の腕輪をつけた、この一団の長であるシマガンの娘です。私はこれからあなたが火炙りにされる予定の、アパラチコーラ[20]へと発ちます」と彼女は述べ、その後彼女は立ち上がってどこかへと行ってしまった。

ここでシャクタスは、身の上話を中断せざるを得なかった。彼の数々の記憶が、彼の心を一気に押し込んだのだ。盲目の目から涙がわっと流れ、落ち窪んだ頬を濡らした。彼の流す涙の、その流れ出る水源は深い夜の大地に隠れていながらも、岩々の隙間から流れ出る水のようだった。

　そして彼は再び話を始めた。「おお息子よ、シャクタスは賢者だと有名だが、その実少しも賢くないことがお前にもわかろう。愛する息子よ、人というのは視覚を失ってもまだ涙を流すことはできるのだ。それから何日か過ぎてしまった。セイシェムの娘は毎晩来てはわしと語るのだった。わしの目からは太陽が見えなくなり、アタラの存在は先祖の墓での思い出のように、わしの心に刻み込まれたのだ。

　歩き始めてから十七日経つと、蜻蛉が水から飛び立つ頃だったが、わしらはアラチュアの大[21]草原へと入った。その大草原の周りを丘が囲み、その丘は重なり合ったような展望を晒していた。そしてそれは雲ほどまでも空に伸び、コパール椰子やレモンの木、モクレン、セイヨウヒイラギガシを連ねていた。長が到着を告げる合図を叫び、隊は丘の麓にテントを張った。わしはそこからある程度離れた、フロリダでは有名な天然の井戸の端へと連れて行かれた。わしは木の根元に繋がれ、一人の戦士が苛立ちながらわしを見張っていた。結びつけられてから間もなく、アタラが泉の白檀の木の下に現れた。「見張りよ」と彼女は彼に言った。「よかったら森で鹿でも狩ってきれくれませんか。私が捕虜を見張っておきますので」。見張りはこの言葉に喜び飛んだ。そして丘の天辺へと駆けて行って、どんどん足を速めて去っていった。

　人間の実に奇妙な矛盾だ。わしが太陽のように前から愛していた人にあれほど秘密を打ち明けることを待ち望んでいたというのに、今は狼狽し混乱していた。こんな具合にアタラと二人っきりでいるくらいなら、いっそのこと泉でワニにでも食われた方がマシだった。荒野の娘もまた、見張っている捕虜と同じくらい動揺していた。わしらは深い沈黙を守った。愛の神様がわしらの話すべき言葉を盗み去ったのだ。ついにアタラはなんとか次のように述べた。「あなたを縛る縄は緩いのです。今なら簡単に逃げ出せます」。この言葉を聞いて、わしの下に再び勇気が蘇った。「縄が緩い、ですとなお嬢さん！」それ以上言葉を続けることはできなかった。アタラはしばらく躊躇い、そして「逃げてください」と言った。そして彼女は木の幹に縛られているわしを解放した。わしは縄を掴み、異郷の地の娘にそれを再び渡した。その美しい指に無理やり縄を押し付け、「縛れ、もう一度縛ってくれ！」とわしは叫んだ。「気でも違ったのですか！」とアタラは驚いて言った。「しばらくするとあなたは火炙りになることを知らないとでもいうのですか？何をしようと考えているのですか？私が恐ろしいセイシェムの娘だということはお分かりにならないとでも？」それにわしは涙を流しつつ答えた。「私は母の肩にビーバーの皮を身につけながら背負われたことも幼い頃あります。私の父も立派な家を持っていて、彼の鹿も多数の急流のそこの水を飲んだものです。しかし私は今は祖国なく放浪する身です。もし私がもうこの世界にいなくなったとしても、私の亡骸に蝿が集らないように草の一本も飾ってくれる友人なぞいません。不幸な外国の人の亡骸に、注意を向ける人は誰一人としていません」

わしのこの言葉はアタラを感動させた。彼女は涙を噴水へと流した。「ああ！」とわたしは性急に言った。「あなたの心が私の心と同じほど語ってくれるのなら！荒野は誰にとっても自由の土地ではありませんか？森の奥には、私たちの身を潜める場所があるのではないでしょうか？小屋で生まれた者たちが幸せになるのに、そんな大層なものが必要でしょうか？花婿の抱く最初の夢想よりも美しい娘よ！愛しい人よ！私と一緒に逃げよう」。アタラは優しい声色で答えた。「お若いお友達、あなたは白人たちの使う言葉を習い育ったのです。なのでそれでインディアンの女を騙すことは簡単なことでしょう」。「なんと、あなたは私を若い友達だと言ってくれるのですね！」とわしは叫んだ。「なんとかわいそうな奴隷……」「え？」と彼女はわしに身を傾けて言った。「かわいそうな奴隷……」。わしは熱情的に言葉を続けた。「その者に、あなたの誠実さのしるしとして、接吻してください！」アタラはわしの願いを聞いてくれた。子鹿が、山の険しい崖にある蔓草の花にその優しい舌を寄せるように、わしの愛しい人の唇に身を任せた。

ああ、我が子よ、苦しみは喜びと紙一重のところにあるのだ。アタラがその愛のしるしを初めてわしに授けたその時、それがわしの希望を打ち砕くものとはどうして信じることができよう。白髪に老いたシャクタスよ、セイシェムの娘が次のように言葉を投げかけた時、お前の驚きは如何程のものだったのか！「美しき囚われ人よ、あなたの望みに熱烈な思いで従いました。しかしこの気持ちは一体私たちをどこへと連れていくというのでしょう？私の信仰心はあなたといつまでも離れさせざるを得ないものなのです。お母さん、あなたはなんということをしてくれたの？」アタラはそして突然黙り込んで、唇から何か漏らしかけた何か恐ろしげな秘密を押し留めた。彼女の今の言葉は、わしを絶望へと投げ込ませた。「よろしい！私もあなたと同じように残酷な目に遭うとしましょう。私は決して逃げません。あなたは私が炎の中へと投げ込まれるのを見るでしょう。私の肉体が焼かれてうめき声をあげるのを聞くでしょうが、あなたはさぞやそれに愉悦を抱くことでしょう」。アタラはそしてその手でわしの両手を握った。「哀れな若い偶像崇拝者」と彼女は叫んだ。「私はあなたに本当に同情してしまいます、私に存分に泣けとでもいうのでしょうか？あなたと一緒に逃げることができないなんて、私にとってどんなに辛いことでしょう。母の腹で私を産んだのがそもそもの不幸だったのですわ。いっそのこと泉のワニにでも食われた方がよかったのだわ！」

この時ちょうど、日が沈みかけたので、ワニたちがいななき始めた。アタラはわしに言った。「ここから離れましょう」。わしはシマガンの娘を、岬から草原の方へと伸び緑の入江を形作っている丘の麓へと連れていった。荒野の辺りが全て静かで、荘厳な気さえした。鷲は巣で鳴き、森はうずらの単調な囀りや、インコの口笛や、野牛の吠える声や、セミノールの牡馬のいななきが鳴り渡っていた。わしらは歩いている間は、殆ど黙りっぱなしだった。彼女はわしが無理にもたせた縄の端をもっていた。時折、泣きもしたし、笑おうともした。時には空へと、時には大地へと眼差しを向け、鳥の囀りにも期待を胸に孕みながら耳を澄まし、沈みゆく太陽に身を向け、手を優しく握りしめて、胸は激しくそして優しく代わる代わる鼓動して、シャクタスとアタラの名前が、断続的に優しく繰り返される……ああ、とても思い出深いのは恋に落ちた二人の初めての散歩だ。あの不幸からあれだけの年月が経った今でも、この老いたシャクタスの心を感動で動かすほどの思い出なのだ。

情熱によって燃えている人間の心ほど、理解の及ばぬものはない。わしはあの親切なロペスを立ち去って、自由を得たいということだけのためにあらゆる危険に身を晒したのだ。すぐに、一人の女の眼差しがわしの関心や決心、考えを変えてしまったのだ！国や母、家、さらにはわしを待つ恐ろしい死をも忘れ、アタラに関係のないことはわしにとってどうでも良いものとなったのだ。理性を持つ人として己を保つことができなかったわしは、間もなく一人の子供へと戻ってしまったのだ。わしを待つ不幸についてなんら対策することもできず、わしの眠気や飢えですら人が指摘してくれなければ気づかなかったほどだ！

なので草原を歩き回った末に、アタラはわしの膝へと身を投げかけわしに逃げようとまた説得を試みても無駄なことだった。もしアタラがわしをあの木に再び束縛することを拒むというのなら、一人でテントへ帰ると言って譲らなかった。彼女はまた後でわしを説得できるだろうと期待して、今は仕方なしにわしのいうことに従った。

この日の翌日、わしのその後の人生の運命が定まった。セミノール族の本拠地であるカスコウィラ[22]からは遠くない谷間でわしらは足を止めた。ここのインディアンたちはマスコギ族とクリーク同盟[23]を結んでいた。棕櫚の国の娘は、深夜にわしのところに会いに来てくれた。そして松の深い森へと再び逃げるようにとお願いした。それに対してわしは返事をせずに、彼女の手をわしの手に取って、この想いでいっぱいの子鹿をわしと一緒に森の中を彷徨させた。とても美しい夜だった。辺りの精霊が松の香りを漂わせながらその青髪を靡かせて。岸に立つタマリンドの下で寝ていたワニが放つ微かな竜涎香も漂っていた。雲一つない蒼穹の空で月は輝き、真珠のような青白い光が木々のどれとは知らぬ梢に注がれていた。森の奥深くから響いてくる何かは分からぬ音以外は、何一つ聞こえなかった。それは孤独に呻く魂が、荒野一帯へと鳴り渡っているものかもしれない。

わしらは木々の向こうに一人の若者を認めた。彼は手には松明を持っていて、森をかけて全てに生気を再び注ごうとする春の精霊かのように思えた。それは恋をしている男で、恋の相手の女の小屋へと運命の賭けに出ようとしているところだった。

もし女が松明を消したのなら、彼女は彼の想いを受け入れたことになる。逆にもし松明の火を消さずにヴェールで身を覆ったのなら、それは夫とすることを拒んだというわけだ。

その戦士は、暗闇へと忍び込んで以下の歌を比較的静かに歌い始めた。

日も昇らぬうちに山の頂へと足を運ばせ、森の中で寂し気な鳩を探す
その者に宝貝の首飾りをつけてあげた。そこにある赤い三粒は私の愛の徴。紫の三粒は私の恐れの徴、青の三粒は私の希望の徴

ミラの瞳はエルミン[24]で、薄い髪は畑の稲。口は赤い貝殻で、真珠に飾られる。二つの乳房は同じ母に同じ日に生まれた汚れを知らない二匹の子山羊のよう。

ミラがこの火を消して、その口を心地良い闇にいる息子へと向ける！私は彼女の胸を肥沃にしよう。祖国の希望は彼女の豊穣な乳房にあり。そして私はのんびりとタバコのパイプを息子が揺らす揺り籠の側で吸おう！

ああ！日も登らぬうちに山の頂へと足を運ばせ、森の榭の中で寂し気な鳩を探そう！

このように若者は歌い、その歌声の調子はわしの心の奥まで掻き乱し、アタラの表情も曇らせた。わしらはお互い手と手を震わせながら握り合っていた。しかしわしらと同じくらいの危険性を持つ場面に出くわしていたため、この若者のことは間もなく忘れた。

わしらは二つの民族の境界線としての役割を持つ子供の眠る墓の側を通った。習慣によって、その墓は路上の端の方に設置されていた。というのも若い女たちが泉へと行く際に、胎内にこの無垢な者の心を吸い込み、国のために再び甦らせられると思われていたからである。この時ちょうど、新婚の嫁が母となる喜びを期待して唇を半ば開きながら、花の上を彷徨い歩く幼児をその魂を取り込むために探し求めていた。そうするとその子の本当の母がここにやってきて、とうもろこしの束と白百合を墓に添えた。彼女はそして乳をそこの地面に注ぎ、心せまる想いでそこで眠る我が子に話し始めた。

「生まれたばかりの子よ、どうして私は大地という揺り籠に眠るお前を想って泣くのだろう。小さい鳥も大きくなると、自分で餌を見つけにいかなければならず、荒野で探し求めても何回も苦い実を見つけることもあるのだよ。せめてもの救いとして、お前は涙というものを知らないままこの世を去った。そして大人のお前の命を奪うようなため息に我が身を晒すこともなかった。花の皮によって包まれて萎んでしまう蕾が、その花の香りをすっかり持っていくように、息子、お前もその無垢さを全部持って去っていったのだ。揺り籠にいる状態で死ぬ者こそ幸いである。なぜならお前のように母のキス接吻と微笑み以外何も知らないまま死んで行けるから！」

わしらの心もすでに一杯一杯だったが、更にこの愛と母性に溢れた様子を見て耐えられないほどの想いをわしらはした。それらはわしらを孤独だが魅力あるこの地においても追いやってくるかのように思われた。わしはアタラを腕でかつぎ森の奥へと行き、今日ではもう思い出せぬさまざまなことを彼女に言った。愛する息子よ、南の暖かい風も氷の山を通ると、その温かさは失われてしまうものだ。老いたこの身の心に抱く愛の思い出は、太陽が沈み野生の小屋を沈黙が支配する時、月という天体によって穏やかに太陽の炎を照らすものなのだ。

何がアタラを救うというのだ？彼女が色欲に身を任せるのを妨げたのは一体何だったのか？それは奇跡以外の何物でもないに違いない。そして実際に奇跡は起きたのだ！シマガンの娘はキリスト教の神に助けを求めた。彼女は地面にバタッと倒れ、母と聖母マリアに熱烈な祈祷を唱え始めた。ルネよ、その時から命の危険の真っ只中にあるこの森で、彼女の持つ、不幸な者に幾千もの賜物を授けるその信仰の素晴らしき想いを思い知ったのだ。そしてその信仰は、秘密の森で、人も他にはいなく、深い闇の中でも感情の迸りを堰き止め、勝利を収めるには十分なものだったのだ。ああ、この素朴な未開人、無知なアタラが倒れた老いた松の前で、それが祭壇であるかのように跪き、愛する偶像崇拝者のために信仰する神に祈りを捧げるその姿が、なんとわしにとって神々しく見えたことだろうか。彼女の目は夜の月へと注ぎ、信仰と愛の涙によって輝いているその頬は、不朽の美しさを持つものと思われた。彼女が翼を広げ、天へと飛び去ってしまうのは一回や二回だけではなかった。また神が岩山の奥に潜む隠者たちを自分の方へと招くために遣わした聖霊が、月の光とともに降りてきて、木の枝の間で声が聞こえてくると思ったのも一回や二回ではない。こう思うとわしは心が苦悶した。というのもアタラはこの地上での命はもう僅かしかないと思ったからである。

だが彼女は涙を多く流し、とても不幸な様子をしていたので、もう自分だけが去ろうかとも思った。その時死の恐怖をも込められたような叫びが、森の中から響いた。武装した四人の男が、わしの方に飛びかかってきた。わしらは見つかってしまったのだ。隊長がわしらを追うように命じていたのだ。

アタラは女王のように威風堂々とした振る舞いをし、追ってきた戦士たちとは話そうとは思わなかった。彼女は威圧するような眼差しを彼らに向け、シマガンのもとへと行った。

しかし彼女はどうすることもできなかった。わしを見張る人数は倍になり、縛りもより頑丈になり、わしから恋人は引き離された。そして夜が五回流れ、チャタフーチー河[25]の岸にあるアパラチコーラの集落へと連れていかれた。すぐにわしは花冠が被せられ、青と赤でわしの顔を塗り、わしの鼻と耳に真珠を飾り、手にはシシクエ[26]という楽器を持たせられた。

生け贄のための身繕いをさせられたら、わしは群衆の声が鳴り響くアパラチコーラへと入れさせられた。わしの命はこれまでであったと思っていた矢先に、法螺貝の音が鳴り響き、この民族の族長であるミコは、一同集まるように命じた。

息子よ、捕虜に対して未開人が行う振る舞いの残虐さはお前も知っていよう。キリスト教の宣教師たちが自分たちの命を賭け、倦まぬ慈悲の心も伴った努力によって、多数の国で囚われた者への火炙りを減らし、代わりにかなり寛大な奴隷制度を採用することに成功していた。マスコギ族はまだこの奴隷制度を採用していなかった。とはいえそれを採用するべきだと主張するものもかなりいた。ミコがセイシェムの民を集めたのもこの重大な事柄について議論するためであった。わしはその議論の場へと連れて行かれた。

アパラチコーラから遠くないところの孤立した丘の上に、会議所があった。その円形建物を三重の円柱の輪がその美しさを支えていた。その円柱は磨いて艶を出し彫られた糸杉によって、一本の大きな柱に支えられている箇所へと近づけば近づくほどそれらの高さと厚さは増していき、逆に数は減っていった。この真ん中の柱の頂から帯のような樹の皮が出て、他の円柱の頂へと通り透かしの入った扇の形をしながら建物を覆っていた。

評議会が集められた。ビーバー製の外套を身につけた五十人の老人たちが、建物の入り口に面した階段席の類のところに並んだ。族長は彼らの真ん中に座り、半ば戦用に彩った平和の煙管を手に持っていた。老人たちの右側には、白鳥の羽でできた着物で身飾った五十人の女たちがいた。左側には戦の隊長たちが位置を占めていて、彼らは手にトマホークを持ち頭には羽かざりを身につけ、腕や胸を血で塗っていた。

中央の柱の足元には、会議の火が燃えていた。長い服を着てミミズクの剥製を頭につけた吟遊詩人の長は、八人の寺院の番人に囲まれながら進み出て、火にコパルムの香を注ぎ、太陽に供物を捧げた。老人、貴婦人、戦士で並ぶ三重の列、そして司祭や立ち上る香の煙、供物の献呈、これらがこの会議を荘厳なものにしていた。

わしは議場の真ん中に立ったまま縛られていた。犠牲の式が終わると、ミコが語り始めてこの会議を募った理由を簡単に述べた。そして彼がこれから言うことが嘘偽りないことを示すために、青色の首飾りを会場に投げた。

するとセイシェムの鷲族が立ち上がって、以下のように喋った。

「私の父であるミコ、そして鷲、ビーバー、蛇、亀の四つの各族の長老、貴婦人、戦士の方々、我々の先祖から代々受け継がれてきた風習を決して変えてはなりませぬ。捕虜を火炙りにし、我々の勇敢さを衰えさせてはなりませぬ。白人の習慣に従うことを提案するものもおりますが、それは我々に単に損害をもたらすだけであります。我らの言葉の証拠となる赤い首飾りを与えてくだされ。私の言葉は以上です」

そして彼は赤い首飾りを集いの真ん中へと投げた。

一人の貴婦人が立ち上がり、言った。

「鷲族の父よ、あなたは狐のような知性をお持ちで、亀のような慎重さもお持ちです。私もあなたと友情の鎖を磨き、一緒に平和の樹木を植えたいと思っています。しかし我らの祖先から受け継がれてきた風習の中で、むごいものを変えてもいいのではないでしょうか。奴隷たちには我らの畑を耕させせましょう、そして母たちの胸を掻き乱すような囚人の叫び声はもう発しないようにしてもいいのではないでしょうか。以上が私の言葉です」

嵐で海の波が砕けるように、秋の枯葉が旋風によって巻き上がるように、メシャスベ河の葦が突然の洪水で折れては元に戻るように、或いは森の奥深くで鳴く鹿の大群のように、会議場はざわめきたった。老人と戦士と貴婦人は、代わる代わる或いは一緒に喋り立てた。利害は衝突し、意見は分かれ、会議は今にも決裂するかのようだった。しかしついには古くからのしきたりが勝ち、わしに火炙りの刑が言い渡された。

ある事情のためにわしの刑の執行は遅れることになった。「死の祭り」或いは「魂の祭り」の時期が近づいてきたためであった。この祭りにあたる時は、その間いかなる囚人も殺してはならぬというのが慣わしだったのだ。わしには厳重な監視がついた。間違いなくセイシェムたちはシマガンの娘をわしから遠ざけたに違いない、というのもその娘は再びわしの元に来なかったのだから。

その間に、ここから千二百キロ以上離れたところに住む民族も「魂の祭り」を祝うために押し寄せてやってきた。その祭典の際に、細長い小屋が離れたところに建築されていた。定められていた日には、各々の小屋から各人が自分の家の墓から先祖の遺骨を取り出し、それを順序よく家族ごとに「先祖用の共用室」の壁にかけた。風や（ちょうど嵐が起こっていた）森、滝が戸外で唸っていたが、戸内では様々な部族の長たちが平和条約や同盟を取り結んでいた。

競争、球技、羊の骨遊びなど、追悼の遊戯も行われた。二人の乙女が、柳の細枝を取り合う遊びも行っていた。蕾のような彼女たちの乳房は触れ合い、手はお互いの頭の上に掲げられている細枝に手を伸ばそうとしている。美しい裸足が絡み合い、口は触れ合い、甘い息がそれに入り乱れる。彼女たちは身をかがめ、髪の毛がもつれ合う。彼女は自分たちの母を見て、赤面した。人はそれを見て拍手した。吟遊詩人は水の精ミチャブ[27]に祈る。また彼はこの大兎と悪の神マチ・マニトゥ[28]との戦いについても語る。最初の男と、生来の無垢さを失ったが故に天から追放された最初の女アヘテンシク[29]二九、不道徳なジュスケカが正義にかなうタウィスツァロンを殺したが故に兄弟の血で染まった大地[30]、偉大なる精霊の声の下で降り降った洪水、木の皮でできた船に乗って唯一助かったマスー、そして地を見つけるために遣わされた鴉、さらには夫の優しい歌によって黄泉の国へと呼び戻された美しいエンダエについても吟遊詩人は語った。

　こうした遊戯や歌が終わると、先祖たちを永遠に葬送する支度にみんなかかった。

　チャタフーチー河の岸に、祭礼として人々が捧げた野生の無花果が見られる。乙女たちはこの場所で自分たちの革のドレスを洗い、それを昔からある樹木の枝にかけて吹いてくる荒野の風で乾かすのが慣わしとなっていた。そこにおいて、大きな墓穴が掘られた。死への賛歌を歌いながら人々はその葬儀用の部屋から出てくるのであった。各々の家族は尊い先祖の遺骨をそこに運んできた。墓に着くとそこに遺骨を下ろして、層を作るようにそれらを重ね合わせ、熊やビーバーの皮が仕切りとしての役割を果たす。やがて墓の山が盛り上がると、人々はそこに「涙と眠りの樹」を植える。

　我が息子よ、人間というのは実に嘆かわしいものではないか。これほど彼らの心が感動で揺れ動く同じインディアンなのに、彼女たちが優しい心でわしをもてなしてくれた同じ女たちだというのに、そんな彼らが今や大声でわしへの刑罰を叫んでいるのだ。そして全部の部族が、若者が恐るべき苦痛に苛まれるのを見たさに、わざわざ出発を遅らせているというのだ。

　この大きな集落からある程度離れた北の谷間では、糸杉と樅の木が林立していて、「血の森」と呼称されていた。誰が何のために作り、元はなんだったかはわからぬ何かの廃墟を通ってそこにたどり着く。森の中心部では戦の捕虜たちを生贄として捧げる闘技場が広がっている。勝鬨を上げるかのように彼らはわしをそこに連れて行った。わしの死刑のための準備は、全て整っていた。アレスクイの柱が立ち、松や楡や糸杉は倒され薪が積み重ねられ、観衆は木の枝や幹で階段席を作っていた。各人が刑の具体的方法について考察を巡らしていた。ある人はわしの頭の皮を剥ぎ取るが良いと述べ、また別の人は熱した斧でわしの目を焼いたらどうかと述べた。わしは死別の歌を歌い始めた。

「苦悶なぞ私は決して恐れぬ。私は勇敢であり、マスコギ族どもよ、お前たちなぞ取るに足らぬ。女よりもなおお前らを私は軽蔑する。ミスクウの子であり我が父のウタリッシは、お前らの名高い英雄の頭蓋骨を杯にして酒を飲んだのだ。お前たちが何をしようが、私はため息ひとつ漏らすまい」

この歌詞に腹を立て、一人の戦士がわしの腕を矢で貫いた。わしは言った。「兄弟よ、お前にお礼を言うぞ」

死刑執行人たちは一生懸命に働いたが、日が沈むまでには刑の執行の準備を仕上げることができなかった。吟遊詩人に相談し、彼は闇の神々を動揺させることなどあってはならぬと述べ、わしの死は翌日までに延期されることになった。しかし見物人たちは我慢できなくなり、夜が明けた朝一に執行できるようにと、「血の森」を去ろうとはしなかった。無数の火を灯して、宴や踊りを始めた。

その一方、わしは仰向けに寝かされた状態だった。わしの首、足、腕を縛っている縄は、地面に打ち込まれた杭に縛り付けられていた。戦士たちがその縄で寝ていて、彼らに悟られないような身動きひとつわしはできなかった。夜が更けた。歌や踊りは次第に収まっていった。火も仄かな赤い光を放っているに過ぎず、とはいえその火の前を通る未開人の人影をまだ目にすることができた。何もかも眠ってしまった。人の立てる物音がどんどん鎮まっていくにつれ、逆に荒野の物音が聞こえてくるようになる。そして人の喧騒に代わって、森に吹く悲しげな風の声が鳴り渡っていた。

母になったばかりの若いインディアンの女が、甘美な養分を求める乳児の泣き声を聞いたと思って、驚いたように目を覚ます時間だった。目は三日月が雲の合間を漂う空へと向けられ、わしは待ち構える運命について思考を巡らした。アタラが醜い恩知らずのように思えた。別れるくらいならと炎の中に身を投げ込んだわしを、処刑されるこの時に見捨てるなんて!しかしそれでもなお、わしは変わらずアタラを愛し、彼女のためなら喜んで命を投げだすのを自分に感じられた。

極度の喜びにおいては我々を呼び醒ますような針があって、速く過ぎ去っていく時を有効に活用せよと警告しているかのようだった。逆に極度の苦痛だったら、何かは知らぬが圧迫してくるようなものが、我々を眠りにつかせる。涙に疲れた目は自然に閉じようとし、天の御慈悲もこのように不幸の中でも顕在することになるのだ。わしは意に反して、惨めな逆境にある人々が時折味わうこの眠りに落ちた。夢で誰かがわしの縄を解ほどいてくれるのを見た。強く縛られていて救いの手がその鉄のような鎖を取り除けてくれたので、辛い目に遭ってからの解放にわしは安堵の気持ちでホッとしたのであった。

この気持ちがあまりに生々しく去来したのであって、思わずわしは瞼を上げた。二つの雲から差し込んでくる月の光で、わしは背が高く白い姿をしたものがわしに身をかがめているのが朧げに見えて、その者は黙々とわしの束縛を解くのに没頭しているのであった。思わず声を立てようとした時、その者の手がわしの口を塞いだ。その手の主が一体誰なのかはすぐにわかった。残っていた縄は一本だったが、それを断ち切るのは不可能そうに思えた。というのもそれは一人の戦士が全身に纏っていたからであった。アタラはその縄に手をかけて、戦士は夢うつつで目を覚まし、起き上がって座った。アタラはじっとしながらその様子を見た。インディアンの戦士は廃墟の霊を見たようで、目を閉じて己のマニトゥを祈祷してまたも眠りについた。束縛は解け、わしは立ち上がった。わしは解放者の後をついて、彼女は弓の片端は自分の手で持っていたが、もう片端はわしに差し出した。しかしどれほどの危険が我々わしらを取り囲んでいることだろう!ある時は眠っていた未開人に身を当てかけたし、ある時は万人に誰何されたが、アタラが声色を変えて答えることによってうまく切り抜けた。子供たちは喚いていて、犬も吠えていた。この不吉な場所の境を越えるやいなや、恐ろしい叫び声が森中を震撼させた。陣地の者たちは目を覚まし、多数の火が灯された。松明を持った未開人たちが四方八方駆け回っているのが見え、我々わしらは道を急いだ。

アパラチア山に日の出が差す頃、我々わしらはかなり遠いところまで来ていた。再びアタラと二人っきりでいることを気づいた時のわしの喜びといったら！わしの解放者であるアタラ、永遠にわしと一緒にいるアタラ！言葉を発することわしには叶わず、跪いてわしはシマガンの娘に言った。「人間というものは殆ど無価値な存在だが、精霊たちが降臨した時はもはや存在価値などなくなるのだ。あなたこそがその精霊で、私に降臨してくれたのだ。そして私はあなたに話すことがとてもできない」。アタラは微笑みながらわしに手を伸ばした。「私はあなたについて来なければならず、というのも私なしであなたは逃げようとなさらないのですからね。昨日、私は吟遊詩人を贈り物でたらし込んで、死刑執行人を『火の精』で酔わせたのです。私はあなたのために命を賭けなければならなかったの、というのもあなたも私に命を賭けて下さったのですから。そうです、若い偶像崇拝者よ」。そしてアタラはわしを怯えさせるほどの強い口調で付け加えた。「犠牲はお互いに行わなければなりません」

アタラは用心のために持ってきた武器をわしへと渡した。そして負っている傷の手当てをしてくれた。パパイヤの葉でそこを吹きながら、それを彼女の涙で濡らした。「私の傷口にあなたは香油を振りまいている」とわしは言って、「でも毒にならなければいいのだけど」と彼女は言った。胸を覆っている布を破ってそれを当面のガーゼとして、それを自分の髪の毛で縛った。

未開人の酔いは長く続くもので、一種の病気と言ってもいいくらいである。そしてそれによってわしらが奴らの追跡を逃れたのは疑いのないことである。もしそれからやつらがわしらを追跡するなら、わしらがきっとメシャスベ河へと逃げるだろうと思い西側へと追跡に向かったのだろう。だがわしらは動かぬ星である北極星へと向かい、木の幹に生えた苔を辿り走っていった。

しかしこうして逃げ走っていても、完全に逃げ切ることはできそうにないことが間も無くわかった。我々わしらの前の荒野はどこまでも縹緲と広がっているばかりであった。森で暮らした経験はなく、本来の道からは外れ、当てもなく歩き続けて、一体わしらがどうなるのかは全くわからなかった。しばしばアタラを見ながら、以前ロペスが話してくれたハガル[31]の昔話を思い出した。それはその者が遠い昔、人が槲の木の三世代分の寿命を有していた頃に、ベエル・シェバ[32]の砂漠についた時の話である。

わしはほとんど裸であったので、アタラはトネリコの二番皮でわしを覆ってくれた。またジャコウネズミの皮をヤマアラシの毛を合わせて、モカシンという履物を拵えてくれた。わしも彼女の身の飾りを丁寧に扱った。逃げる途中、わしは彼女の頭に忘れ去られたインディアンの墓で見つけた青い葵の冠を被せたり、ツツジの赤い実で拵えた首飾りを作ってあげたりもした。そしてその美しい姿を見やって、わしは微笑むのであった。

河に出くわした時、筏に乗ったり泳ぎ渡ったりした。アタラはわしの肩に片手を乗せた。そして旅ゆく二羽の白鳥のように、音のしない波を横切っていった。

日中非常に暑い時は、しばしばヒマラヤスギの苔の影で憩いを求めた。フロリダのほとんどの樹は、特にヒマラヤスギやセイヨウヒイラギガシは、梢が地面までもたれる白い苔によって覆われている。夜では月明かりの下で、何もない荒野において浮き出た一本ばかりのセイヨウヒイラギガシがその苔を覆っていて、それを見るものは長いヴェールを引きずっている幽霊かと思ってしまうだろう。しかし白昼においても劣らず絵画的な美しさを持つ。蝶やきらきら光る蝿や、蜂雀や緑の鸚鵡、青色のカケスの群れがその苔にとまると、それはヨーロッパの職人が眩いばかりの虫や鳥を刺繍した白の羊毛でできた絨毯のような眺めを呈するのである。

わしらが休んだ木陰は、大いなる精霊によって準備されたようなこのような晴れやかな旅宿であったのだ。空から風が吹いて大きなヒマラヤスギを揺らし、枝に建てられた楼閣がその下で眠る鳥や旅人と一緒に漂い、無数のため息がこの動く建物の廊下や穹窿から漏れ出る。それは古代よりあるどんな素晴らしい眺めも、決してその建物の美しさには敵わないだろう。

毎晩、わしらは火を燃え盛らせ、四本の杭の上に樹の皮を張った旅の小屋を建てた。もしわしが野生の七面鳥や、モリバトや、森の雉を狩ってきた時は、地面に突き刺した竿の先につけて赤く照らされる槲の木にそれらを吊るし、その狩の獲物が打ち返るのを風に任せてそれっきりにした。「岩のはらわた」とも呼ばれる苔も食べ、白樺の甘い皮や桃と苺の味が混ぜあったような「五月のリンゴ」も食べてみた。黒いクルミや、楓や、ウルシは、わしらの食卓に飲料として置かれた。時折わしは葦の中にある一つの植物を探しに出かけたが、それは円錐の形をしていてその花の中にはとても澄み切った露でいっぱいだったのだ。わしらは腐った沼の真ん中に咲く花のか弱い茎にも、このような透き通った泉をおいて天佑に感謝した。それはあたかも悲しみによって深く傷ついた心の奥底に希望を備えたようなものであり、あるいは人生の惨めさに苦しむ胸に徳を迸らせたかのようであった。

　だがああ！やがてわしはアタラの平穏な様子は見かけ上のものに過ぎないことを気づいてしまうのであった。わしらが歩みを進めて行くにつれ、彼女は悲しげな様子をするようになった。しばしば彼女は訳もなく震え、突然頭を反らすこともあった。わしに燃えるような眼差しを投げかけて、そうしたら深い憂鬱さで空を見上げるのをわしは捉えた。特にわしが怖がったのは、彼女の心の奥に隠されている秘密を時折わしがそれを垣間見る時だった。絶えずわしは引きつけられては押しのけられ、希望が打ち砕かれたかと思えばまた活気付き、彼女の心の秘密に少しでも近づいたかと思うと、また最初の地点に戻るのであった。何回も彼女は言った。「ああ、愛しい人、私は太陽の下で見つける木陰のようにあなたが好き。絶えずそよ風が吹きあらゆる花でいっぱいの荒野のようにあなたは美しい。私があなたに身をかがめると震えるような気持ちになり、私の手があなたの手を掴むと、死んでしまうような心地すらもするの。この前、風が吹いていて私の髪が顔にかかっていた時、あなたは私の胸元にもたれていましたが、その髪はそっと私に触る見えない霊かと思いました。ええ、私はオコニー山[33]の子山羊を見ました。年取った人々の話し声も聞きました。でも子山羊の柔和さよりも、老人の知性よりも、あなたの言葉の方がずっと心地よく強さを感じるのです。でも気の毒なシャクタス、私はあなたの嫁妻にはなれないのよ！」

恋とアタラの信仰心のいつまでも続く矛盾、恋の情に身を委ねることと普段の清い行い、高潔な性分と深い感受性、大いなるものへの心の昂りと瑣末なものへのこだわり、それらは全てわしには不可解なもののように思えた。アタラが男の心に与える影響は決して弱いものではなかった。充溢する情念は、彼女に十分な力を伴わせた。彼女を熱愛するか、あるいは憎むかどちらかしかあり得なかった。

十五日間急ぎ足で歩き続けた後、わしらはアレゲーニー山脈[34]に入り、オハイオ河へと注がれているテネシー河の支流へとついた。アタラの助言もあり、わしは小舟を作ることができた。それは樹の皮を樅の根を以って縫い合わせた上に梅の木の汁を塗ったものであった。そしてアタラと共にそのボートに乗って、河の流れに任せた。

スチコエというインディアンの集落にはピラミッド型の墓や荒れ果てた小屋があって、それらがわしらの左側、あるいは岬の曲がり角に見えた。右側にはケオウの谷があって、その谷ではジョールの小屋が見晴らされ、それらの小屋は同じ名前をした山の前面にぶら下がるように建てられていた。わしらを運ぶ河は高い断崖の間を通って、その端には太陽が沈んでいくのが見えた。あたりの深い寂寥感は、たとえ人がいたとしてもそれが削がれるようなものではなかった。一人のインディアンの狩人が弓にもたれ岩の尖端でじっと動かなかったが、それがこの荒野の神として山に建てられた像のように、彼を見たわしはそう思った。

アタラとわしは、辺りの沈黙にさらにわしらの沈黙も加えた。突然流浪の娘は、情念と憂鬱さを混ぜた声を突然張り上げ、見捨てた祖国について歌い始めた。

異国の宴の煙を見ぬ者こそ幸い
己の親の宴のみに居座る者こそ幸い

メシャスベ河の青いカケス鳥がフロリダのゴシキノジコに言うに
なんでそんなに悲しげに嘆くの？
ここには綺麗な水や気持ちいい木陰
他にも君の森にもあったいろんな餌があるのに？

流浪のゴシキノジコが答えて

うん、でも僕の巣はジャスミンの花の中にあるんだけど、
誰が僕をここまで運んでくれるの？

僕のいた草原の太陽は、ここにもあるの？
異国の宴の煙を見ぬ者こそ幸い
己の親の宴のみに居座る者こそ幸い

長い辛い歩みをした旅人は、悲しげに座っていた
周りにある人の住む屋根を見るけど、旅人の頭を休める場所はない
旅人は一つの家の戸の陰に己の弓をおいて叩いて、もてなしを尋ねたけれど
主人は手で合図をしたら、旅人は弓をまた取って荒野へと戻った！

異国の宴の煙を見ぬ者こそ幸い
己の親の宴のみに居座る者こそ幸い

火を囲んで驚くべき話が語られる
心の優しい告白や生に欠くことのない恋の習わし
これらが一生をふるさとで過ごした人々の毎日
彼らの墓は沈みゆくふるさとにあり

太陽と共に、そして友の涙と信仰の清さと共に
異国の宴の煙を見ぬ者こそ幸い
己の親の宴のみに居座る者こそ幸い

このようにアタラは歌い、波に乗る筏の微かな音以外は彼女の嘆きを遮るものは何もなかった。ただその歌で二か三の箇所で、微かなその歌の山彦が響き、それがさらに弱い山彦を起こし、三回目のもっと弱い山彦が更にこだました。わしらのようにかつて運に見放されたかつての恋人の魂が、この心打つメロディーに引き寄せられて、山の中の歌の最後の部分の嘆きに合わせて歌ったのかもしれない。

その間にもこの寂寞とした環境で、恋人が絶えず側にいて、確かに不幸ではあったけれどもそれでわしらの愛は深まるばかりであった。アタラの力は衰え始め、肉体を打ちのめすような情念が道徳の支配下から抜け出して屈服させようとしていた。彼女は絶えず自分の母に祈りを捧げ、絶えず苛立っている亡霊を宥めようとしているかのようだった。時折彼女はわしに、悲しいうめき声を聞いたり、大地から炎が燃え盛るのを見たりしなかったかと尋ねた。わしは疲労でクタクタではあったが、欲望に燃えていて、この森の真ん中で迷子になれば帰り道がわからないと思い何回も腕にわしの恋人を抱こうとしていた。また河の岸で小屋を建て一緒にそ

こで暮らし続けようとも提案した。しかし彼女はそういった提案をしてもきっぱりと断った。「考えてみてよ。戦士というものは国にその身を捧げなければならないのよ。あなたが果たさなければならぬ義務に比べれば、女一人なんだというの？ウタリッシの子よ、勇気を出しなさい。決して運命の不幸に嘆いてはなりません。人の心というものは海綿のようなもので、天気が穏やかな時は澄んだ波を吸い込むけど、河の水が悪い天気で濁っている時は、海綿は泥水で膨れるのです。しかしだからといってその海綿が、まさか嵐が起こるとは思わなかったとか太陽が燃え盛るとは思わなかったとか、言うものでしょうか？」

おお、ルネよ。もしお前が心の震えを恐れるというのならば、寂しさから離れるのだ。偉大な感情とは孤独なものであり、この荒野でそれを抱くことは更にそれを増させるものだ。不安と恐怖により心苦しくなり、敵のインディアンの手に落ちたり、水に飲み込まれたり、蛇に噛まれたり、獣に喰われたりする危険に身を晒し、僅かな食料を見つけるのにも四苦八苦し、どこの方角に歩みを進めばいいかわからず、もはや不幸はこれ以上ひどくなりようがないという具合であった。だがその時、その不幸の絶頂とでも言うべき出来事に遭遇したのだ。

集落から逃げ出してから二十七回目の太陽が昇り、「火の月」になりかかろうとしていた。そしてあらゆるものが嵐を予兆していた。インディアンの家婦たちが労働用の鋤をサヴィニエの枝にかけて、鸚鵡が窪んだ糸杉に身を引っ込める時刻であった。空が暗く覆われ始めた。物音一つしなくなり、荒野を沈黙が支配した。森も全て完全に静寂だった。やがて遠くから雷が轟き、古代から生えているこの森にもそれが近づいてきて、荘厳な音を鳴らしていた。船が沈むのを恐れ、河の岸へと急いで漕いだ。そして森の中に避難した。

辿り着いたところは沼地であった。野葡萄の株や藍草、いんげん豆、地を這う蔓が網のようにわしらの足に絡みながらシオデの穹窿の下を歩むのは大変なものだった。海綿のような土がわしらが歩くたびに揺れ動き、一歩ごとに沼地に呑み込まれそうだった。無数の昆虫や、大きな蝙蝠がわしらの視界を遮り、ガラガラ蛇は至る所で音を建てて、狼や熊、穴熊や虎猫たちはそのうめき声をこの辺りの隠れ家で轟かせていた。

その間に辺りはますます暗くなっていった。雲が森の陰に降りてきたのである。空が裂け閃光が迅速に菱形の火を描いた。西から吹き起こる激しい風が、雲の上に雲を吹きつけた。森の木は折れ曲がり、空は次々に開いていき、その裂け目を横切ってそこから新たな天と燃え盛る野原が見えた。なんと恐ろしくも荘厳な眺めであろう！落雷が森に火を放った。その火は焔の髪のように広がっていき、火花と円柱は高く上って雲を取り囲み、その雲はなおその壮大な炎へと雷を吐き出している。その時大いなる神は山々を漆黒の闇で覆った。この広大な混沌の中から、風の唸り、木のざわめき、猛獣のいななき、焔の轟音、繰り返される落雷の水中へと鋭く消えていく音が聞こえてきた。

大いなる精霊はそれをご存知だ。この時、わしの目に映っていたもの、考えていたことはアタラ以外になかった。傾いた白樺の幹の下で、わしは急流のように降る雨から彼女を守った。

わし自身も木の下に座り、愛しい人を膝の上に抱いて、わしの腕で彼女の素足を温めた。その時のわしは、胎内で初めて果実の核を宿すことを知った新妻よりも幸福であった。

わしらは嵐の音に耳を傾けた。突然、アタラがわしの胸に涙を流すのを感じた。「心の嵐よ」とわしは叫んだ。「これはお前の雫なのか？」それから愛する者をぎゅっと抱いて、彼女に言った。「アタラ、君は私に何か隠している。心を開いてくれ、愛しい人！友がその者の心を知れば楽になる。君が黙っている苦痛となっているもう一つの秘密を話してくれ。頑なに喋ろうとしないその秘密を教えてくれ！いや私にはわかる、君は君の故郷が恋しいのだ」彼女はすぐに答えた。「人の子よ、どうして私が故郷を想って泣いたりしましょう。お父さんは棕櫚の国に生まれた人ではないのに」。「君のお父さんは棕櫚の国の人じゃないだって！じゃあ君をこの世に産んだのは一体誰なんだい？答えて」とわしは驚いて言った。アタラは次のように語った。

「三十頭の雌牝馬、二十頭の水牛、百のどんぐりの油、五十枚のビーバーの皮そしてその他たくさんのものを持って母が嫁に行くまえに、彼女は白人の男を一人知っていました。そして母の母は、母の顔に水を投げて王のようであり神のように人々に崇められている偉大なシマガンに嫁ぐようにと命じました。しかし、母は新しい主人に言ったのです。『私のお腹には子供を宿しています。どうか私を殺してください』。するとシマガンはこう答えました。『そんな酷いことは大いなる精霊がお許しにならない。お前は隠し立てせず、寝床に置いても裏切らなかったから、お前を不具にしたり、鼻や耳を削いだりしようとは思わない。お前の腹に宿る種を、我らの子としよう。そうして十三番目の月が輝く時に、田んぼの鳥が飛び去らない限りは、お前のところには通うまい』。シマガンの言ったその時に私は母から生まれて、スペイン人として未開人として、誇り高く育ちました。母は私に洗礼を授けキリスト教徒にして、母の神様と父の神様が同様に私の神様にもなるようにしました。その後に母は恋の悲しみを患い、獣の皮で覆われた、入った人は二度と出てくることのない小さな洞窟へと降りていきました」

以上がアタラの遍歴だった。「それで哀れな孤児よ、君のお父さんはどんな方だったの？地上ではなんと呼ばれ、精霊たちの間ではどのような名前だったの？」「私はお父さんの足を洗ったことは一度もありません。私はただ彼が姉妹と一緒にセントオーガスティンに住んでいることを知っているのみで、ずっとお母さんに誠実だったと聞いています。彼の名前は天使の間ではフィリップですが、人々は彼をロペスと呼んでいました」

この言葉を聞くと、わしは周囲一帯に響く叫び声を上げました。わしの激情の轟きが、嵐の唸りと混ざり合いました。アタラをわしの胸に抱き締めながら、嗚咽しながら叫んだ。「おお妹よ、ロペスの娘よ。私の恩人の娘よ！」アタラは怯えながら、一体何をそんなに困惑しているのか尋ねた。しかしセントオーガスティンでわしを親切に保護してくれた人物で、わしが自由になりたいばかりに彼の下を離れたのを彼女が知ると、彼女自身が喜びと混乱で我を忘れた。

この兄妹のような愛情の思いを抱きそれが恋人としての愛情に加わって、その気持ちはわしらにとってあまりに強烈なものであった。これからはアタラの心の中での葛藤も無意味なものとなるだろう。彼女が自分の胸に手を当て、尋常でない仕草をしたがそれが何だというのだろう。すでにわしは彼女を手に取り、その快い吐息にわしは酔いしれ、その唇から漏れる愛という魔法を飲み干した後だった。目は空に注がれ、その光の下の永遠の前でわしは恋人を腕に抱いた。我々の不幸と深い愛情に相応しい華やかしい婚礼の儀式よ、二人の寝室の帳や天蓋にも似た蔓草や穹窿を揺り動かす極上の森林よ、我らの賛歌の松明としての役割を果たす燃え盛る松、溢れる河よ、吠える山々よ、恐ろしくも荘厳な自然よ、汝らは単に我々を騙すために設えたものなのか、その神秘性も有する恐ろしさの中で一瞬でも一人の男の幸福を匿うこと能わなかったのか?

アタラはもうほとんど抵抗しようとはしなかった。わしは今幸福の間近にいた。すると突然、閃光が発し、続いて落雷が鳴り、分厚い闇を切り裂き、森を硫黄と香りで満たしながらわしらの足元にある一本の木を砕いてしまった。わしらは逃げた。だが驚くことに、落雷に続く静けさにおいて鐘の音を聞いたのであった。二人はあっと驚いてその音に耳を澄ました。その音が荒野で響き渡るのはとても奇妙であった。すると、一匹の犬が遠くから吠え出した。その犬が近づいてきてその鳴き声もどんどん大きくなってくる。そしてわしらの足元に駆けてきて、喜びの鳴き声をあげた。老いた隠居人が手には小さいランプを持っていて、その犬の後を真っ暗な森の中を通って追ってきた。わしらを目にするとすぐ「偉大なる摂理だ!」と彼は叫んだ。

「ずっと前からお前さんたちを探していました！この犬が、嵐が鳴って以来お前さんたちを探し回り、ここまでわしを連れてきたのじゃ。お若い方たち、可哀想に！さぞや辛い目に遭われたことでしょう！さあ、わしは熊の皮を持ってきました、これは若い女の方にお渡ししましょう。瓢箪の中には少し葡萄酒があります。神様のなさることはとてもありがたい！かの者の憐憫はとても深く、その慈悲は無限大じゃ！」

アタラはこの僧の足元にいた。「素晴らしい信仰者とお見受けしますが、私はキリスト教徒でして、天があなたを私へとお救いになるためにお遣わしになったのでしょう」と彼女は言った。「いや娘の方、わしらは夜や嵐の鳴るときは、道慣れぬ異境の地の方たちを招くために伝道所の鐘を鳴らすのじゃ。そしてわしらのアルプスやレバノンの兄妹がやっている例に倣って、わしらも飼っている犬に道に迷っている方たちを見つける方法を教え育てたのじゃよ」と隠者はアタラを立たせて言った。わしとしてはこの隠者の言いたいことがあまり理解できなかった。この者の慈悲はとても人間らしいものとは思えず、わしはこれが夢かもしれないなと思った。隠者が手に持っていた小さいランプの光から、わしはその者の髭と髪が水でびっしょりと濡れているのが垣間見えた。彼の足と手と顔は、茨のかき傷で血が溜まっていた。

わしはついに声をあげた。「年老いた方、あなたは雷に打たれることも恐れない方のように見受けますが、どうしてそれほど勇敢なのでしょうか」。「そんなことはない、恐れる！」と隠者は熱を込めて答えた。「他人が危険な目に遭っていて、わしがその者を救えるなら恐れる！

わしはキリスト様のつまらぬ下僕じゃ!」それにわしは隠者に言った。「しかし私はキリスト教徒ではないことはご存知なのですか?」隠者は答えて、「若い方、わしはあなたの信仰について尋ねましたかな?キリスト様は、我が血はこの者は清めるがかのものは清めない、なぞとはおっしゃりませんでした。キリスト様はユダヤの為にも異邦人の為にその命を投げ出され、目に映る者は同胞と不幸な者だけでした。わしがあなたにすることは取るに足らぬことで、よその地に行けばもっといい手当を受けることができるじゃろう。しかしそうしたからといって栄光が僧侶のものになるわけではない。わしらのようなか弱い隠遁の者は、天のなさる務めのしがない補助人でなければ何であろう?隊長が手に十字架を持ち額には茨の冠を被って人々を助けるために歩いていくというのに、彼に仕うる兵士は臆病にも後ずさりしていいはずがない」

この言葉はわしの心を捉えた。尊敬の愛慕のこもった涙がわしの目から流れ落ちた。伝道宣教師はそして言った。「御二方、この森でわしは君らの仲間の小さい集団を治めている。そこの洞窟はここからごく近い山の中にある。わしのところに来て、身を温めなさい。不便さは感じるかもしれませんが、避難所としての役割は果たしましょう。それだけでも神様の御慈悲に感謝するのに十分で、それを賜う人も世の中には相当いるのですからね」

本当に平穏な心正しき人というものはいるものだ。彼らに近づけば必然その者の心や話し方から発する平穏さを感じずにはいられないのだ。隠者が話せば話すほど、わしは自分の胸の情念が宥められていくのが感じられて、その声に嵐すらも遠ざかっていく気がした。やがて雲も空から消えかかっていき、避難所からわしらが出ていくこともできるようになった。森を出て、高い山の裏側をよじ登り始めた。犬が先頭を走り、柄の先に火が消えたランプを抱えていた。わしはアタラの手を握りながら宣教師の後を追った。彼は振り返ってはしばしばわしらの方を見やり、わしらの不幸や若さについて同情を交えながら思考を巡らした。祈祷書が彼の首に巻きついていて白木杖を歩行に使った。彼は背が高く、表情は青白くやつれていて、素朴な格好をしていて誠実そうだった。生まれつき情念の人のような生気を感じさせぬような様子はない。彼を見る者は、彼のかつての日々は不幸にまみれているのが見て取れた。彼の額にある皺には、徳と神や人への愛によって癒された、情念の美しい痕跡を見せていた。彼が立ったまま動かずにわしらに話すと、彼の長い髭と慎ましく下を向きがちになるその目、愛情のこもった口調、それらは全て静かで荘厳な様子をたたえていた。わしのように、オーブリー神父が一人で杖をついて祈祷書を持って荒野を歩いているのを見たことのある人は、誰でもこの者こそが真の大地を旅するキリスト教徒だと思うだろう。

山の危険な道を三十分ほど歩いた後に、神父の洞穴に到着した。雨のために岩から落とされた湿った木蔦や南瓜を通って、わしらはそこに入った。ここにはパパイヤの葉のござと、水を汲むための瓢箪と、いくつかの木のコップと、鋤と住み慣れたような蛇と、それから机の代わりとしての岩の上に十字架と聖書があった。

老いたこの隠者は、乾いた蔓で急いで火をつけた。とうもろこしを二つの石で砕きそれで菓子を作って灰の中で焼いた。この菓子を焼いて綺麗な黄金色に仕上げたら、熱いまま楓の器に胡桃のクリームを添えて、出来立てをわしらにご馳走された。

夜が元の平穏さを取り戻すと、神様の奉仕者は洞窟の入り口にわしらが座ったらどうかと尋ねた。そして彼に従ってそこに行き、素晴らしい眺めが入ってきた。嵐の残余も東の方へと無秩序に流れていった。落雷によって森に広がった火はまだ遠くの方で燃え盛っていた。山の麓には松の木が泥の中へと薙ぎ倒され、水でぐちょぐちょになった泥や、木の幹や、動物の死骸や銀色の腹を水の表面に浮かせた死んだ魚などを、ごちゃ混ぜに流していった。

アタラが山の老いた精のような人に身の上を話ししたのはこのような光景を辺りに醸していたときだった。彼の心は感動に動かされ、ひげに涙が溢れた。彼はアタラに「我が子よ、あなたは神様に幾度となく苦しんだであろうが、その苦しみも神様に捧げなければならない。そうすれば神様はあなたに安息を返して下さるじゃろう。見てのように森には煙が上り、急流は涸れたし、雲も散っていった。あのような恐ろしい嵐をも鎮めてくださる神様が、人の心を和らげることができないなんてありうるだろうか?　愛しい娘よ、もし他に適切だと思う避難所が見当たらなければ、わしがキリスト様に幸運にも導くことのできた仲間の方へとそなたも案内して進ぜよう。わしはシャクタスにも色々と教えて、お前さんの婿となるのに相応しい時に、二人を仲介しよう」と言った。

この言葉を聞いて、喜びの涙を流しながらわしは隠者に跪いた。しかしアタラは死人のように顔が蒼白になった。老人は慈しみ深くわしを起こしたが、その時わしは彼の両手がひどい傷を負っていることに気づいた。アタラは即座にその傷の原因となった不幸に気づいた。「なんと野蛮な!」と彼女は叫んだ。

「娘よ」と神父は優しく微笑みながら言った。「我が聖なる主が受けた迫害に比べれば、このようなことは大したことじゃない。もし偶像崇拝者のインディアンがわしを迫害しようとも、彼らなど所詮哀れな盲人に過ぎず、いずれ神様が彼らに光を授けてくださるじゃろう。彼らがわしを苦しめたが、その分だけわしは彼らを愛するのじゃ。わしは一度国へと帰って、華々とした王妃様がわしの使徒として被ったこのつまらぬ傷を光栄にもご覧になられたこともある。だがその国にずっといようなどとはわしには考えられなかった。そして我らの宗教の長から、この傷だらけの両手で神聖な献身行為を行なっても良いというお許しを受けたこと以上に、名誉あることはあるだろうか?　そのような名誉を受けたら、わしにはそれを立派なままにしておくしかありえぬのじゃ。わしはこの新世界にまたやってきて、残りの人生を神様に捧げる勤めを果たす。わしがここに隠居してからはや三十年経つ。そしてこの岩山には明日で二十二年目となる。わしがこの場所に来た時は、定住せず放浪し続ける集団しか目に映らず、その連中の風習は獰猛なものであり、生活も実に惨めなものだった。わしは彼らに平和の言葉を聞かせ、それによって彼らの風習も次第に和らいでいった。彼らは今もこの山の麓に集まって暮らしておる。わしは彼らに救いの道を教えながら、生活で一番必要な技法も教えたが、それはあまり教えすぎぬようにしこの正直な人たちを単純だからこそ感じる幸福をそのままにしてやった。わしは、彼らのそばにいると邪魔になりはしないかと思って、この洞窟の中にひきこもり、そこに時折彼らがわしに相談に来た。人里離れたここでわしは、その荘厳とも言える静寂において神様を讃え、老いた己の身を鑑み死の支度をしたのじゃ」

こう話し終えると隠者は跪き、わしらもそれに倣った。彼は高い声で祈り始め、それにアタラは応えた。東にはまだ音のしない閃光が空を裂き、西の雲の上には三つの太陽が同時に輝いていた。嵐に追いやられた数匹の狐が黒い鼻面を断崖の方へと突き出した。そして宵のそよ風に乾いた植物が、撓んだ茎の全部分を再び立たせるそよぎが聞こえた。

わしらは再び洞窟に入り、隠者はアタラのために糸杉の苔のベッドを敷いてやった。この乙女には深い疲労感が目や動作に現れていた。彼女はオーブリー神父にまるで秘密を告白しようとするような様子で目を向けた。しかし、わしがその場にいたからか、何かの恥ずかしさ故か、告白したところで無益だと判断したのか、秘密を打ち明けるのを躊躇している様子だった。わしは夜中に彼女が身を起こすのを聞いた。彼女は隠者を探したが隠者はアタラに己の寝床を与えたので、彼は山の頂上で空の美しさを見晴らし、神へと祈るために出かけていったのだ。翌日彼がわしに語るにはそれは彼の習慣のようで、冬でも森が裸になった梢を揺り動かしたり、雲が空に浮かんだり、辺りの静寂で風や急流が唸るのを聞くのが好きなのであった。そのため、アタラは自分の寝床に戻るしかなく、そこで微睡んだのであった。ああ、希望でいっぱいだったわしは、アタラの衰弱は単なる一時の疲労にしかすぎぬと思ったのだ。

　翌日、この洞穴の周りにあるアカシアや月桂樹に巣を作っているショウジョウコウカンチョウやマネシツグミの囀りで目を覚ました。わしは木蓮の花を一枚摘み、朝露の涙に湿らせたそれを眠っているアタラの頭に翳した。祖国の信仰に従って、乳房に縋りながら死んでいった子供の魂が赤い雫となってこの花の中へと滴り、幸福な夢がわしの未来の花嫁の胎内へと運んでくることを願った。わしはそして隠者を探した。彼は僧服を二つのポケットまで端折っていて、手にはロザリオを持ちながら、老朽によって倒れた松の幹に座ってわしを待っていた。アタラがまだ寝ている間に、一緒に伝道所へと行こうかと尋ねた。彼の申し出をわしは受けて、わしはすぐに一緒に歩き始めた。

　山を降りる際に、樅の樹にあたかも精霊が創造したと思われるような見慣れぬ文字が刻まれているのを見出した。隠者が言うにはそれらは自分で彫った文字であり、ホメロス[35]と言われる古の詩人の詩の一部だと言うことであった。またあちらにある方の文は、ホメロスよりもさらに昔のソロモン[36]という名の詩人だと述べた。さまざまな時代の叡智、苔に纏われた詩の行、それらを彫った老いた隠者、本としての役割を持つこれらの老いた槲の樹、皆何かはわからぬがある種の神秘的な調和を孕んでいた。

彼の名前、彼の年齢、伝道をはじめた日づけも、荒野の樹の下に生えている葦に刻まれていた。わしはこんなに脆そうなものを記念碑として利用したのに驚いた。神父は答えて「これでもわしよりは長生きするのですよ。そしてわしが行った、取るに足らぬ善行よりも遥かに価値のあることじゃろう」

そこから谷間の入口にわしらは着いたが、そこで驚嘆すべきものが目に入った。それは天然の橋で、お前も知っているかもしれないがヴァージニアのものと似ていた。息子よ、人間というものは特にお前の国の人間は、己の祖国の自然を真似したがるもの。そしてその真似事はちっぽけなものでもある。自然のすることはそのようなくだらぬものではなく、自然は人間を真似るように思えても結局は逆に人間たちに手本を示している。一つの山の頂からもう一つの山の頂までに自然は橋を架けて、雲の中に道を作り、大河のために河川を広げ、柱のために山を彫り、池を形成するために海を掘るのだ。

わしらは唯一の弧を作るこの橋をくぐり、また別の驚くべき光景が目に入った。それは伝道所に属するインディアンの墓地、或いは「死の林」であった。オーブリー神父は新しく入った信者たちに、死者を彼らの風習に従って埋葬し、墓所にもインディアンとしての名前で記載することを許可していた。神父は十字架だけで、その場所に神聖さを醸し出していた。共同の畑地のように家族の数の分だけで仕切っていた。各々の仕切りは一つの木立をなし、それは形作った人の好みによって多様な形を有していた。一筋の小川が音を立てずに林の中を蛇行した。人はそれを「平和の川」と名付けた。心の憩いの場であるここは、東側への道はわしらが下を通った橋によって行く手を塞がれていて、二つの丘が北と南を塞ぎ、樅の大きな木が広がる西側しか行くことができなかった。赤に緑の斑点が入ったこの樹木の幹は、梢に至るまで枝がなく、高く聳えるその姿は高い円柱さながらでこの死の寺院のペリスタイルを形づくっていた。そこでは一種の宗教的な、教会の穹窿の下で響くオルガンのような音が鳴り渡っていたが、聖域とも言えるその木々の奥へと入れば、死者を偲ぶような挽歌を囀り、永遠に続く祭典を鳥たちが祝っているかのようだった。

この森を出ると、伝道所のある集落へとわしらは着いた。湖の畔に置かれていて、花が散在して咲いている野原の真ん中にあった。ケンタッキーとフロリダの境にある山々にあった古代よりの街道と同じような、モクレンや槲の並木道を通ってそこについた。インディアンたちが指導者を目にすると、仕事をやめて彼の方へと駆け寄った。ある者は指導者の服に口づけをし、他のものは彼が歩くのを支えた。母親たちは小さい子を腕で抱き上げて、愛の涙をこぼすイエス・キリストの僕を子供たちが見られるようにした。彼は歩きながら、この集落で起きたことを問い合わせた。彼はある者には優しく叱責し、ある者には助言を与えた。収穫物を刈り取らなければならないこと、子供たちを教育すべきことを語り、苦しみを慰め、語ること全てに神を交えるのであった。

このように人々に守られながら、道に掲げてある大きな十字架の下へとわしらはやってきた。そここそが神の僕が自分の宗教の秘儀を行なう場所なのであった。「愛する新たな信者たちよ」と彼は群衆に目を向けて言った。「一人の兄弟と一人の姉妹が新たに我らに加わることになりました。そしてさらに幸運なことに、慈悲深い神様が昨夜我らの収穫物を守ってくださった。感謝するべき大きな理由がここに二つあります。これから聖餐を行おう、そして各人が深く無限大な感謝と、強い信仰と、謙虚な心を持ってそれに臨もう」

やがて、神父は桑の皮で拵えた白い礼服を羽織ると、祭器を十字架の下にある聖櫃から取り出し、岩の特定の箇所の上に祭壇が用意された。水は近くの急流から汲まれて、一房の野葡萄が聖なる葡萄酒を醸造していた。高く生えた草にわしらは跪いて、秘儀が開始された。

山の背後から曙光が差し込み、東の空を赤く染めていた。静寂の中全てが黄金と薔薇の色に満ちていた。このような壮麗な景色を受けて太陽は光の深淵から現れ、放つ最初の光はこの時神父が空へと掲げていた聖体[37]を射していた。信仰の魅惑よ！キリスト教の礼拝の素晴らしさよ！捧げ物をする老いたる隠者、岩の祭壇、荒野の教会、出席する無垢なインディアン。わしらが跪くや否や、大きな奇跡によって神様が降臨なさったことがないなんて、あり得ないのだ。

わしの心に降臨したのをしかと感じたのだからな。

供儀の後、わしにとってロペスの娘だけがいないのが気掛かりだったが、ともかく集落へと戻った。そこにあったのは、社会と自然の生活の心温まる調和であった。古くからある荒野の糸杉の片隅には、新しく耕されている耕作地を見出せた。打ち倒された槲の木の幹の上には金色に波打つ穂があって、三世紀にも亘って立っていた樹木の代わりに夏の収穫した一束が置かれてあった。至る所に、焼き払われた森から空に濛々と煙が上り、鋤は焼かれた木々の根元の残骸においてゆっくりと打たれていった。測量係が長い測量用の道具を持って土地を計測していた。仲裁者は所有権の最初の設定に勤しんでいた。鳥は巣を捨てて、禽獣の巣窟は小屋へと変わっていた。峡谷の唸りが聞こえ、斧の一撃一撃が、いつも隠れ家としての役割を果たした木々とともに、最後の山彦を挙げていた。

わしは恍惚としながら、この絵画のような風景の中を逍遥した。そしてこの風景はアタラの面影と我が心を揺さぶる夢のような幸福によって、より一層甘美なものとなった。わしは未開人に見られるキリスト教の勝利に感嘆した。わしはインディアンたちが宗教の声によって文明化していくのを見た。わしは人と大地の原始的な結合に居合わせた。この大規模な契約によって人々は己が受け継いできた汗をこの大地に流し、そのお返しとして大地は忠実に収穫をもたらし、子孫と先祖の遺骨を守ったのである。

その間にも一人の幼児が宣教師に紹介された。その幼児はジャスミンの花咲く水源の近くで洗礼を受けた。その一方皆が遊んだり仕事に勤しんでいる中で、柩が一つ「死の森」へと運ばれていった。二組の男女が槲の木の下で婚礼をあげた後、わしらはこの人たちを見送るために荒野の片隅へと赴いた。神父はわしらの前を歩き、あれやこれ、あの岩やあの樹木、あの泉を祝福した。それはちょうどかつて聖書によれば、神は不毛な大地に祝福を授け、それをアダムに与えよと伝えたように。敬われる長を追って岩から岩へと動物たちと入り乱れて進むこの行列は、感動で動いていたわしの心に、人類初の家族が移住していく様にも見えた。セム[38]は己の子供たちと共に未知なる大地を眼前に浮かぶ太陽を追うようにして歩いていった。

どのようにしてこの子供たちを治めているのか、わしはこの聖なる隠者から聞きたいと思った。彼はそれに非常に喜んで答えた。「わしは彼らに何の規則も定めていない。ただお互いに愛し合い、神様に祈り、もっと良い生活を望むことを教えただけじゃ。ここの一切の掟はこれらが全てじゃ。集落の真ん中に他のよりも大きな家が見えるでしょう。雨の季節にはそれは礼拝堂としての役割を果たす。朝や宵に人は集い神様へと祈りを捧げ、そしてわしがその場にいない時は、代わりの一人の老人が祈祷を唱えるのじゃよ。なぜなら年老いているということは母たることと同じく、一種の司祭職じゃからのぅ。それが終わると、人々は畑へと行き働くのだが、たとえ社会の経済において習うようにその畑が各々の所有によって仕切られていても、取り入れた収穫物は共同の穀倉に収納される。お互いの慈悲の心を保つためにな。四人の老人が平等に耕作の収穫物を分ける。これに加え歌が多数歌われる宗教の儀式、わしが秘儀を行ったあの十字架、天気のいい日にわしがその下で説教を行う楡の木、麦畑のすぐ側にある墓地、わしが幼い子たちやこの新しいベタニアの聖ヨハネになろうとする人々に洗礼を施す河[39]、これら全てを言えば我らのイエス・キリストの王国がいかなる姿を呈するか、はっきりとわかることじゃろう」

隠者の言葉はわしを恍惚とさせた。そしてわしはこの安定して仕事に熱中した生活が未開人の放浪し怠惰な生活よりも遥かに優っているのを感じた。

ああルネよ、わしは天に対してあれこれ愚痴ろうとは思わぬが、このような福音的な生活も、苦い後悔を抱かずには思い出せぬ。アタラと一緒に岸辺に小屋を建ててそこで住めたら、どんなに幸福だっただろう。そうしたら逃亡の日々も終わったのに！妻とともに、人々に知られることもなく森の奥で幸せを歌いながら、荒野に名前すらない流れゆく河川のようにそこで暮らせたのだ。自分のものになるに違いないと思っていたこの平和の代わりに、どれほどの苦しみをもって一生を過ごせねばならなかったことか！運命に絶えず翻弄され、人生という河に砕かれてずっと祖国から離れて、戻ったとしても廃墟となった集落と友が眠る墓があったばかりであった。

それがこのシャクタスの運命だったのだ。

悲劇

夢見る幸せはとても激しかったのだが、それだけに長くは続かず、現実への目覚めは隠れ家の洞窟で行われた。もう陽も昇っているのに、わしらを迎えに駆けつけに来ないことに驚きを隠せなかった。突然恐怖でわしは震えた。洞窟に近づくにつれ、ロペスの娘を呼ぼうとは思わなかった。わしの声に音や沈黙が続いたとて、わしの想像は同じように恐ろしいものとなったのだから。更に洞穴の入り口に広がる闇にも怯え、神父に言った。「壮健な方よ。天をお供として、どうぞ先に闇へとお入りください」

感情に支配された者はなんと弱いことだろうか！神に憩う人はなんと強いことだろうか！七十六年の信仰心ゆえの強さは、わしのなお熱情でいっぱいの青春よりも遥かに強いものであった。平和の使者は洞窟へと入り、わしは恐怖でいっぱいで外で待った。やがて岩山の奥から弱い呟きが嘆きにも似て聞こえてきて、わしの耳を打った。声を挙げて、力を取り戻し、夜の洞窟へと走り飛んでいった。父たちの魂よ、汝らこそはわしの目を打った光景を知るべきなのだ！

隠者は松の松明をつけた。彼は手を震わせながらそれでアタラの寝床を照らしていた。この美しく若い女は、肘をつき半ば身を起こしていたが、顔は青ざめ、髪の毛も乱れていた。汗が彼女の額から滴っていた。彼女の眼差しは朧がかっていながらも自身の愛をわしに表現しようとし、口は微笑もうと務めていた。雷に打たれたように、眼は固定され両手を広げていて、唇は開いたままわしはその場でじっとしていた。この苦悶と言える場面で、深い沈黙が居合わせた三人を支配した。隠者がまずその沈黙を破った。言うには「これは疲れによって溜まった一時的な熱に過ぎない。神様のご意志に委ねれば、その方は我々を助けて下さるじゃろう」

この言葉を聞くと、停滞していたわしの体内の血が再び循環し始め、未開人特有の変わりやすさで極度の恐怖から極度の自信へと気持ちは変わっていった。しかしアタラを見るとそのような状態には長くいられなかった。彼女は悲しげに頭を揺らして、彼女の寝床にわしらが近づくようにと合図した。

彼女は衰弱した声で隠者に言った。「神父様、私はもうじき死にます。シャクタス！私があなたをひどく悲しませないために、また母の言いつけに従うために隠していた悲しい秘密を、決して絶望せずに聞いてください。私の言葉を聞いて、苦しみの表情を浮かべて話を遮らないでください。そうするともう長くはない命が更に短くなります。お話しすることはたくさんありますが、心臓の鼓動も鈍くなってきていて……胸にも何か重い塊が乗っていて苦しい。だから急いで話したほうがいいでしょう」

しばし沈黙が続いた後、アタラは以下のように続けた。

「私の悲しい運命は、私が日の光を仰ぐ前からほとんど決まっていたようなものでした。母は私を不幸な時に身籠りました。私は彼女の胎内で彼女を苦しめ、出産するときも、腹がちぎれるほどの大きな苦痛を私は彼女に与えました。なので周りの人たちは私の命は助からないものだと思っていました。私の命を助けるために、母は誓いの祈りを捧げました。というのはもし私の命が助かるのなら、天使の女王さまに私の身を処女のまま捧げるというのです。この恐るべき祈りが、私を墓の中へと突き落とすのです」

「私は十六で母を亡くしました。彼女が死ぬ数時間前、死の床に私を引き寄せました。母はその最期の時を見守る私に言いました。『娘や、私が以前行った祈りの誓いを知っているでしょう? まさかその誓いに違うことなんてしないわね? 私のアタラ! 私はお前をこの世に残しておくが、そこはキリスト教徒にとってふさわしいものではありません。お前の父と私との神様であり、お前に奇跡を施して生を授け保たせてくださった神様を悩ます偶像崇拝者がたくさんいるのです。可愛い娘よ、処女としての覆いを被って、君のお母さんを苦しめた家族の心配事や不吉な感情から逃れるのだよ。さあ、ここにおいで。救い主の聖母様にかけて、尊い司祭様とお前の息絶えそうな母の手を取って誓ってくれ、お前は決して天の前で私を裏切らないと。私はお前の命を助けるために誓いを立てたことを考えて、お前がもしその誓いを破ることがあればお前は自分の母の魂を永劫の苦しみへと投げ込ませることになる』」

ああ、お母さん。どうしてあのように話しなさったの! 私に苦しみと喜びを一度に与える信仰、私を自失させては慰めるこの信仰! 死の淵まで私を窶れさせる愛しく悲しいあなた、シャクタス。あなたは今私たちの辛い運命の原因が何かお分かりになったでしょう！涙で溢れ、母の手に取り縋って、私は果たすべき約束は果たしました。宣教師は私に恐ろしい言葉を喋って、永久に私を縛るような肩衣をくれました。お母さんは、私がその誓いを破ることがあれば呪われると言うことで私を脅し、異教徒に対して決して侵せない秘密を私に授けた後、私を抱きながらこの世を去りました。

最初は母の誓いがどれほど危険なものかはわかりませんでした。溢れるばかりの熱情を持つ真のキリスト教徒であり、血脈に流れるスペイン人に誇りを持つ私は、周りにいる男たちは私の手で抱く価値があるとはとても思えませんでした。それで母の神様以外に夫を持たないことに喜びを抱いていました。しかし若く美しい囚われ人であったあなたを見て、火炙りにされる運命を可哀想に想い、森の茂みの中であなたと口を聞いてしまいました。その時、あの誓いがどれほどの重荷かわかったのです」

アタラがこう言った時、拳をにぎって脅すように宣教師に目やり、わしは「それが君が散々自慢した宗教というものなのか！私からアタラを奪う誓いなぞなくなってしまえ！自然の性さがに逆らうような神などいなくなってしまえ！司祭さん、あなたはこの森の中で何をしにきたというので？」と叫んだ。

「お前を救いにだ」そう恐ろしい声で老人は言った。「お前の感情を馴らし、涜され天の怒りが落ちぬようにするためだ、冒涜者よ。若者よ、お前がこの世界に足を踏み入れてすぐに自分の耐えの受難はどこにある？どこにお前の耐え忍んだ不義不正がある。お前の徳はどこにあるのだ、それがあればまだ不平を漏らす権利もあろうというのに？お前はいかなる奉仕をしたというのだ？どんな善行を施したというのだ。ああ、不幸者め。お前がわしに見せたのは欲念だけだと言うのに、天に訴えようなどと！オーブリー神父のように、もしお前が山の中に三十年も追いやられもしたら、天の摂理に対してそう簡単に判断は下すまい。その時こそ、自分は何も知らず、何ものでもなく、己の腐った肉体が苦しみを被るような厳しい懲罰や恐るべき禍などないとわかるであろう」

老人の目から出た光、胸に波打つ髭、雷光のような言葉は彼が神かとも思われた。その威容に打たれたわしは膝をついてわしの逆上を謝った。「息子よ、わしがお前を叱ったのはわしのためからではない。ああ、お前の言うのは尤もな部分もある、愛する息子よ。わしはこの森にきて大して何もやっていない。神様に取ってわしほど値打ちのないものはいないだろう。しかし息子よ、天や神様をお前は決して呪ってはいけぬ！お前を害したら許して欲しい、だがお前の姉妹の言うことを聞いてくれ。何か彼女の治療方法もあろう、決して希望を失ってはならぬ。シャクタス、その宗教は希望を徳とするゆえに、本当に尊いものなのだ」。そう彼は優しい口調で答え、わしのとった怒りに悔恨の念を抱かせた。

「若き友よ」そうアタラは答えた。「あなたは私の葛藤を知っているけれど、それはまだその僅かな部分にしか過ぎない。残りについてはあなたに隠していたのです。いえ、フロリダの熱い砂の上に汗を流した黒人の奴隷も、私ほどの苦しみは抱かなかったでしょう。あなたに逃げるように促しましたが、もし実際に逃げれば私はきっと死ぬのでした。あなたと一緒に荒野を逃げるのは恐ろしかったのですが、森の陰に行きたくてたまりませんでした。ああ、もし身寄りや友人や、祖国、さらには（恐ろしいことに）私の魂さえなくなってしまえば！しかしお母さん、あなたの陰がいつもすぐそこにいて、お前は私を苦しめているんだと非難しているような気がしていました！私はあなたの嘆きを聞き、地獄の炎があなたを焼き尽くすのを見ました。私の過ごす夜は味気ないもので、たくさんの幻影につき纏われました。日中も沈痛なものでした。夕方の露は私の焼けついている皮膚に滴るとたちまち乾きました。そよ風に唇を開いても、そのそよ風は私を涼しくしてくれるどころか、私の吐く火の息で燃え盛りました。絶えずあなたを二人っきりで、深い人里離れた場所で私の側で見て、あなたと私との間には決して越えることのできない隔たりがあるのを感じるのはなんという苦しみだったでしょう。世界の誰にも知られないような片隅で、あなたの足元で過ごして、奴隷のようにあなたに仕え、あなたの食事を用意し一緒に寝るのは極上の幸せでした。この幸せは、私はそれに触れることができながら決して我が物にすることができなかったのです。どんな目論見を私は空に描いたことでしょう。この悲しみに満ちた心からどんな夢が出たでしょうか！あなたに目をやって時々、馬鹿げた罪のある欲望をさえ起こしそうになりました。ある時は、あなたと一緒にいるこの地上での唯一の生き物になりたいと思いました。またある時には、私が恐ろしい欲望にとりつかれそうになる時、何か聖なるものがそれを妨げるのがいて、その聖なるものが滅んでしまえばいいのに、そうすれば神様とこの世界のかけらと一緒に奈落から奈落へとあなたの腕に抱かれて転がり落ちられるのに、と思うこともありました。今でさえも……ええ、永遠が私を飲み込もうとしていて、恐るべき神様の裁きの前に立とうとしている今もです。処女が私の命を奪おうとしているのをお母さんの言いつけを守り喜んでいるのを見ているこの時に。ああ、恐ろしい矛盾ですけど、私はあなたとずっと一緒になれなかったことの後悔を持ってゆくのです！

「娘よ」と宣教師が遮って言った。「お前は悩むが故に心が迷っている。お前は今激情に身を任せているが、そのようなものが正しかったことなど滅多にない、自然に反するものと言えよう。しかしそれは心の悪徳というものでなく過失的なものなので、神様の目にはそれほどは罪深いものと映らないだろう。お前が今抱いている激情から自分を切り離す必要がある。それはお前の無垢さに相応しいものとは言えぬ。しかし愛しい我が子よ、お前の激しい空想が、その誓いを相当に気にかけさせているが、キリスト教徒というのは人間以上の犠牲など要求しない。キリスト教の真実の感情、様々な徳というのは英雄を気取ったような激しい歓喜や強制された徳などというものよりずっと優っている。迷える哀れな神の僕よ、お前が戦いに負けたとしても善なる牧人はお前を探し、元いた仲間たちへと連れ返してくださろう。悔悛という宝がお前の目の前にある。我らが犯した過ちを他の人に見られないようにするためには奔流する血が必要であるが、神様に対しては一粒の涙で事足りる。愛する娘よ、お前が平静を取り戻すには安息が必要だ。僕のあらゆる傷を癒してくれる神様に祈ろうではないか。私が望むように、これが聞き入れられお前の病が治癒されたならケベックの司教に手紙を書こう。その人にはお前を束縛する誓いから解放する力を持っている。お前の誓いは平凡なものに過ぎず、お前は私の側でシャクタスと結婚して暮らしていけるのじゃ」

この老人の言葉に対して、アタラには長い間痙攣が生じたが、その後続いたのは恐ろしい苦痛であった。「まあ、回復する手立てがあるというの！私を誓いから解放することがなんででできると言うの！」と両手を激しい様子で合わせながら叫んだ。「そうだ娘よ」と神父は言った。「そしてそれは今でも起こりうることなのじゃ」。「でも遅すぎますわ。あまりにも遅すぎます。幸せになることが許されるとわかったときに、死ななければならないなんて、なんでもっと尊い老人であなたと早く出会わなかったのだろう！そうだったら今頃私はあなたと、キリスト教徒のシャクタスと幸せを噛み締めることができたのに、この偉い司祭様によって慰められて、安心させられて……この荒野で……永遠に……そうだったのならあまりに幸せだったのに！」と彼女は泣いた。「落ち着いて」とわしはこの不幸な者の手を握って言った。「落ち着いて、その幸福を一緒にこれから味わおう」。「もう無理！無理なの！」とアタラは言った。「なぜ？」とわしは言い返した。「あなたはまだ全部を知らないのです」と乙女は叫んだ。「昨日、嵐の中で、私は誓いを破ろうとしました。私はお母さんを奈落の焔へと投げ入れようとしました。お母さんの呪いがもう私に降りかかっていて、すでに私を助けくださった神様に嘘をついたのです……あなたが私の震える唇に口付けしてくれたとき、それは死者への口づけだということをあなたは知らなかった、知らなかったのです！」とアタラは言った。「娘よ、お前は一体何をしたと言うのじゃ」と宣教師は叫んだ。「父よ、それは罪なのです！」とアタラは目も定まらずに言った。「でも私は自分を無くしただけで、お母さんは助けることができたのです」。「それを話してくれ」と驚きにいっぱいでわしは叫んだ。「それで、私は以前から自分の弱さを知っていました。家を出るとき、私は一緒に持ってきました」。「何を」とわしは慄きながら聞いた。「毒だ！」と神父は言った。「それはもう私の胸の中にあります」とアタラは叫んだ。

松明が隠者の手から落ちて、わしもロペスの娘のそばに死んだように倒れた。隠者は二人を両手で抱いて、わしら三人は皆暗闇の中で、この死の床に声を合わせて泣いたのだった。

やがて勇敢な隠者がランプを灯しながら、「起きあがろう、立ちあがろう」と言った。「時間が惜しい。勇気あるキリスト教徒よ、敵の襲撃に備えるのだ。首に紐を巻き、頭には灰をかぶり、いと高き主に跪き、お慈悲を乞い、その命に従おう。まだおそらく時間はある。娘よ、お前が昨夜の晩に言ってくれたら」

「ああ、司祭様」とアタラは言った。「私は昨夜あなたを探しました。しかし天が私を罰する形であなたを私から遠ざけたのです。それにあらゆる手段ももう無駄でした。なぜなら最も毒に詳しいインディアンですらも、私の呑み込んだ毒については手の施しようがありませんでしたから。ああシャクタス、私が思っていたほど毒の効果がでるのが早くないと知った時の、驚きを考えてみてください。私の愛は私の気力をいっそう強くさせ、私の魂はあなたから早く離れることができなかったのです」

　わしが今や泣いていたのはアタラの話を聞いていたからではなく、未開人と同じほどの激情に駆られていたからであった。わしは手を捻りながら怒り狂って地面の上を転がりまわり、腕に齧り付いたりした。老いた司祭は、優しげな驚きを持ってわしとアタラの間を走り回って、あらゆる手段を尽くした。彼の心は落ち着いていて長年の苦労もあり、わしら若かった者の気持ちは十分に理解してくれた。そしてわしらの情念よりも彼の信仰心がその口調に優しげながらも熱情的なものを添えた。この司祭は四十年前からこの山の中で、毎日神と人々への勤めに没頭していて、ルネよ、お前は彼が主の前で高い山で永遠に煙が昇り続けるイスラエルの燔祭のようだと思わないかね。

　ああ！アタラの毒をなんとかしてやりたいと奔走していた彼の努力も無駄であった。疲労、悲しみ、毒、そしてあらゆる毒を集めてもより危険な激情が集まって、この花を一人ぼっちにしようと奪おうとしているのだ。宵にかけて、毒の恐るべき症状がはっきりと現れてきた。全身麻痺がアタラの手足をおそい、体の端が冷たくなり始めた。「私の指を触って」そう彼女はわしに言った。「氷のようでしょう」。わしはなんと答えていいか分からず、わしの髪の毛は恐怖で逆立った。そして彼女は「昨日まではこうして触ってくれるだけで震えたのに、今はあなたが触っても何も感じません。もうあなたの声も聞こえず、この洞窟のものも次から次に見えなくなっていきます。鳥が歌っているのかしら？今太陽は沈みかけているの？シャクタス、太陽は荒野で美しい光を放つ太陽は、私の墓にもそれを放つことでしょう」と付け加えた。

自分の言葉でわしらが泣いているのを見て、わしらに言った。「許してね、お二人とも。私はか弱いの。けれども多分、もうすぐ強くなれましょう。でも、心は命で満ちているのにこんなに若くして死ななければいけないなんて！祈祷の長よ、どうか私を憐んでください。私を支えてください。私のお母さんは満足し、神様は私のやったことをお許しになると思いますか？」

「娘よ」善なる信仰者は涙を流しながら、震える傷だらけの指で涙を拭いた。「娘よ、お前の不幸はお前の無知から来る。インディアンの教えと必要な知識の欠如が、お前を滅ぼしたのだ。お前はキリスト教徒が自殺してはならぬことを知らなかった。我が愛する羊よ、安心するが良い。神はお前をお赦しになる、お前の素直な心に免じてな。お前の母と彼女を導いた無知な宣教師の方がお前よりも遥かに罪が重い。分を弁えず、不謹慎な誓いをお前に強制させたのだからな。しかし私は彼らにも神様の寛容があるようにと祈ろう。君たち三人は皆熱情と、宗教の光なき教えを示した。安心するのだ、我が子よ。お前の気質と心を存分に知っておられる方は、お前の動機に基づいて判断される。行動は罪あるものでも、動機は純粋なものからくるものだからな」

「生命についてだが、お前が主のもとで眠りこの世を去る時がきても、我愛しい子よ、ほとんど何も失うことはないのだ！お前は世間から離れて暮らしたのに、悲しみというものを知った。もしお前が社会の災いを見たのなら、ヨーロッパの河岸を跨いでそこの古くから続く土地で長い苦悶の声が耳に突き刺さったら、お前はどう思うだろうか。小屋の住人も、宮殿の住人も、皆この世で苦しみ、うめく。女王も一介の女と同様に泣き、王侯貴族が目に溜めている涙の量を見れば、皆驚かざるを得ないであろう！」

「お前が嘆くのは愛ゆえなのか？娘よ、それは目を覚ましてから消えた夢を思って泣くのと同じじゃ。人間の心というものを知っているかな？人間の変わりやすい欲望をいちいち数えられるかな？それならむしろ嵐で海が波打つ数を数えた方がまだましというもの。アタラ、忍従も善行もいつまでもお前たちを繋ぎはしない。多分ある日、飽きるのと同時に嫌悪感をきたして、過ぎ去った日々を取るに足らぬものとし、憐憫と軽蔑で思い返すことじゃろう。美しい娘よ、もっとも美しい愛とは創造主から直接作り出された男女による愛に違いない。楽園が彼らのために創られ、彼らは無垢であり不死であった。完全無欠な心と肉体をもつ彼らはあらゆる点においてお互い調和していた。エヴァはアダムのために創られ、アダムはエヴァのために創られた。だがそんな彼らでも、そのような幸福の状態をずっと続けることができなかったのだから、後世の男女が果たしてできたであろうか？私はお前に最初の生まれた人間たちの婚姻について、その言い表せない結合について話したくはない。その頃は姉妹が兄弟に嫁ぎ、兄弟の愛と友情が同じ心に抱かれ、片方の純粋さが他の者の快楽を増加させたのだ。これらの結合は今やかき乱された。羊の犠牲を捧げる芝の祭壇にさえ、嫉妬の念が滑り込んだ。嫉妬はアブラハムの天幕にも降臨し、族長たちが己が母の死をも忘れ去るほどの肉欲にも忍び込んだ」

「だがお前たちの結びつきは、イエス・キリスト様が自分の先祖となさったこれらの聖なる家族よりもなお無垢で幸福なものではないか?私は家庭の不安や、諍いや、互いの非難や、騒ぎや夫婦の共同寝台で聞かれる隠れた不安や苦しみについての詳細は言わないことにしよう。女は子供が産まれるたびに苦しみを新しくし、花嫁は涙ながらに婚姻の式に臨む。自分が乳を与えた赤子が自分の胸の中で隠れて死ぬ。なんという禍だろうか!山は苦悶の声に満ち、何物もラケルを慰めること叶わぬ。もう彼の息子たちはいないのじゃからな。愛情に満ちた人間に見られる苦さはとても激しいもので、かつて私は祖国で王族の寵愛を受けた貴婦人たちが宮廷を去り、身を修道院へとしずめ、世の快楽は苦痛に過ぎぬと、非理性的な己が肉体を滅却しようと考えていたのを見たのもしばしばある。

しかしお前にとってこの最後の話は関係のないことだろう。お前の望みは、自分の選んだ男と一緒に人知れぬ家で過ごすことだけじゃからな。お前は青春が愛とよぶ狂おしい魅惑よりも、苦痛が少ない結婚を選ぶのだ。幻影、空想、空虚、傷ついた夢見事に過ぎぬ!そして私もまた、娘よ、心のそういった動揺を知っている。この頭も常に禿げていたわけではなし、この胸も今見られるような平穏さを有していたわけではなかった。私の身の上をどうか聞いてくれ。もし人が絶えず愛を持ち絶えず新しい感情に身を委ねれば、必ずや孤独と愛がその者を神様にすらも匹敵する存在になさせよう。なぜなら神様に属する二つの永遠の喜びがこれなのだから。しかし人間の心は飽きがちなので、一つの対象を力一杯ずっと愛し続けることはできない。二人の心にはどこか噛み合わないところがあって、いつかはその噛み合わない点が夫婦生活を我慢のならぬものにするだろう」

「最後に、愛しい娘よ、人の犯す最大の過ちは、幸福の只中において己に定められている死というものを忘れてしまうことなのだ。万物には終わりがある。遅かれ早かれ、お前の幸福がどれほど大きかろうと、その美しい顔も墓がアダムの子孫に与えた決まった形へと変えられてしまい、シャクタスの眼さえも、お前の姉妹たちとお前を見分けることなどできないであろう。愛も、棺を蝕む蟲にまでその力を及ぼすことはできぬ。というより、（空なりや空や！）[40]この地上における愛の力なぞなんだというのだ？愛の限界も知りたいのか、愛しい娘よ？ある人が死んでから数年再びこの世の光を仰ぐこととなったら、その人を偲んで最も多くの涙を流した者さえも、その人間と再び会いたいと思うだろうか？人はそれほど関係を新たに作り、それほど容易く新しい習慣に適合してしまう。心の定まらぬ者はこのようなことが当たり前で、我々の人生は例え我々の友でもそれほどその者のことなど気にかけないものなのだ！」

「だから愛する娘よ、この惨めな谷間からお前を素早く連れ去ってくれる善なる主に感謝するのじゃ。すでに処女の白い服と輝く冠はお前に雲上で用意されておる。わしにはすでに聖母様がお前を大声で呼んでいるのが聞こえる。『来れ、我が僕よ、来れ、我が鳩よ、来りて純粋無垢の玉座に座れよ。そこには人類のため、子供の教育のため、極致の贖いのために己が美と若さを捧げた全ての娘たちがおる。来れ、神秘のバラよ、汝はイエス・キリストの胸に憩う。汝が選びし婚姻の臥所である棺は、決して汝を欺かぬ。汝の天上の花婿の抱擁は永劫に続くのだ！』」

あたかもその日の最後の太陽の輝きが、風を宥め空に静けさを広めるように、老人の静かな話もわしの愛する人の胸にある情念を鎮めた。アタラは今やわしの苦痛と自分を失くす際にどうやってわしを堪えられるかに今や頭を巡らせているようだった。もしわしが涙を流すのをやめれば、自分は幸福に死んでいけるのになぁと言ったし、一緒に過ごした甘い日々を思い起こさせわしの今の苦痛を紛らわせようともした。彼女はわしに忍耐を、徳を説いた。「あなたはいつまでも不幸でいるわけじゃない」と彼女は言った。「神様があなたを苦しめていらっしゃったとしても、それはただ他の人の不幸にも同情をより抱けるようにするためだけです。シャクタス、心というのは自分が刃物で傷つけられた時にしか人の傷を癒すような香液を出さないよう木のようなものなの」。アタラがこのように語ると、伝道宣教師の方に向いた。そしてアタラがわしに与えている苦痛を慰めてくれるように求めた。そして、代わる代わる慰めつつ、彼女は死の床の上で生命の言葉を与えたり、受け取ったりしたのであった。その間、隠者は看病をより深切にした。彼の年老いた体の骨も、慈悲の心の熱意により強固なものとなり、ずっとこの間薬を拵えたり、火を起こしたり、寝床をさわやかにしたり、神や正しき者の幸福について実に立派な話をしたりした。手に信仰の松明を持って、アタラを導いて墓におり、彼女にその驚くべき神秘を示しているようにも見えた。みすぼらしい洞窟はこのキリスト教徒の最期のその偉大さが満ちわたり、信仰がただ一人愛や、若さや死と戦っていたその様を聖霊たちが眺めていたのは間違いなかった。そしてその神聖な信仰心が勝利をあげていた。そして最初は激情が占めていたわしの心も、神聖な悲しみが占めるようになり、それがその勝利をわしにも感じさせた。夜中に、アタラが元気を取り戻し隠者が寝床で唱えていた祈祷の文句を繰り返したかのように思えた。その後すぐに、彼女はわしの手を握り、ほとんど聞こえないような声でわしに言った。「ウタリッシの子、あなたは私を『乙女の最後の愛』と取り違えた時の最初の夜を覚えていますか？思えばあれはそれから私たち二人の運命の、奇妙な前触れでした！」彼女は言葉を一旦止めて続けた。「私があなたから永遠に離れるのを考える時、私の心はもう一度生きようとするのです。そしてあなたを愛することにより、私は決して死ぬことはないとすら思うのです。でも、神様、どうかあなたの御心のままに！」アタラはしばし黙った。そして付け加えた。「私のせいであなたが被った災いについて謝るしかもうありません。私のわがままや気まぐれによって、あなたを大きく苦しめました。シャクタス、私の体の上に投げかけられる土が、あなたと私の間の一つの世界の隔たりになって、あなたは私の不幸の重荷から永久に解放されるのです」

「あなたを赦すなどと」とわしは涙に濡れて答えた。「私こそあなたの不幸の原因であったのではないですか？」それにアタラはわしの言葉を遮って「いいえ、あなたは私をとても幸福にしてくれたの。そしてもう一度人生をやり直せるとしても、私は祖国で安息に一生を過ごすよりも、国から不幸にも追放されながらあなたを一時の間でも愛することができるその幸福を選びます」と言った。

ここでアタラの声は途切れた。死の漆黒が彼女の口と目に広がった。彼女の指は何かを触ろうとして当て所もなく動いた。彼女は非常に低い声で目に見えない聖霊たちと話していた。やがて自分の首から十字架を外そうとしたが無駄だった。できなかったのでわしに外してくれるようお願いした。そして彼女はわしにこう言った。「私があなたと初めて話した時、この十字架が私の胸で火の光によって輝いていたのを見たでしょう。これがアタラの持っていたたった一つの財産です。そしてあなたのお父さんで私のお父さんであったロペスは、私が生まれて間もない頃に母に送ってしまいました。なのでお兄さん、この遺産を私から受け取ってくださいまし。私の不幸の思い出として取っておいてください。あなたの人生で悲しい時にこの不幸な神様へと思いを馳せて見てください。シャクタス、あなたにやってほしい最後のお願いがあります。私たちは一緒にいられたのは短い時間でしたが、しかしこのあと長く生きることになります。もしあなたと今後永久に離れ離れになるのなら、それはなんと恐ろしいことでしょう！私は今日あなたより先にこの世を去り、あなたを天でお待ちしております。もしあなたが私を愛してくださったのなら、私たちが再び会えるようにどうかキリスト教の教えを受けてください。それはあなたの目に大いなる奇跡をみせ、その証拠にほら、あなたと死んで別れないといけないこの時も私は絶望で苦しむようなことなんて全然ないのですから。でもシャクタス、ほんの一つの約束だけなのですが、あなたに誓いを一つ果たしてくれるだけなのですが、それがどれほどのものかは、私は知りすぎているほどに知っています。もしかするとその誓いは私よりもっと幸福になるような女性との仲も隔ててしまうかもしれない。お母さん、どうか娘を許してください。マリア様、どうか怒りを鎮めてください。私はまた気が弱くなってしまいました。そして神様、あなたのことを考えなければならないのについ心が逸れてしまいます！」

あまりの悲しみに、わしは将来キリスト教の信仰に入ることを誓った。この光景を見た隠者は霊感を沸いたように立ち上がり、洞窟の天井へと両手を差し出した。「今だ、今こそが我が主をここに招来する時だ！」彼がこう言うや否や、何か超自然的なものがわしの心に取り憑いて、跪いた。そして頭をアタラの寝床の足元に垂れた。隠者は絹の布に包まれた黄金の壺を隠し場所から取り出し、心をいっぱいにして地に平伏し礼拝した。洞窟が突然明るくなったように思えた。そして隠者が聖櫃から神聖な器を取り出したら、神様が自らに山の山腹から出てきたように思えた。

司祭は聖杯を開いた。彼は二本の指で、雪のように白い一枚のホスチヤを掴み、神秘めいた言葉を発しながらアタラの方へと近づいた。この聖者は恍惚そうに天を見上げていた。彼女の全ての苦しみは消え去ったかのように、彼女の全生命は口に集まった。彼女の唇は開き、聖なるパンに隠れている主を恭しく探した。そして老いた聖者は布をわずかに聖油に浸した。それでアタラのこめかみをこすり、死にゆく女をしばしみやり、突然力強い言葉を彼女に発した。「行くのだ、キリスト教徒の魂よ、汝の創造主に出会いに！」下げていた頭を再び上げて、わしは聖油がくんであった器の方を見遣りながら叫んだ。「父よ、この薬はアタラを再び生かすことはできないのですか？」。「そうだ、息子よ」老人はわしの腕に倒れかかって言った。「永遠にな！」

アタラは息を引き取ったところであった。

ここまで話すと、再びシャクタスは話しをやめざるをえなかった。彼は涙で咽び、声も途切れ途切れにしか発することができなかった。盲目のセイシェムは胸を開き、アタラの十字架を取り出した。そして叫んだ。「これだよ、これが悲しいあの時のものだ。ルネ、息子よ、お前にもこれが見えるだろう。そしてわしには、もう見えないのだ！あれからもう長い年月だが、その色はまだ褪せてないかね？わしの涙の跡は見えないのかね？一人の聖女の口づけを見ることができないかね？シャクタスはまだキリスト教徒にはならぬのか？政治や祖国の関係とかの浅はかな理由で、今までシャクタスを先祖たちの誤った教えに引きとどめておいたのか？いや、わしはもはや躊躇なぞせぬ、大地がこうわしに呼びかけている『いつお前は墓の中へと降るというのだ、尊い信仰に入るのに一体何を待つのか？』となｰ。大地よ、もうお前は長く待つ必要はない。すぐに、どこかの司祭が来て悲しみで白くなったこの髪を水に浸して若返らせてくれたら、私はアタラとまた会おう」

しかしわしの話の残りを全部語り切ってしまおう。

葬礼

ルネよ、アタラが最後の息を引き取った時のわしの苦しみを今更お前に聞かせようとは思わない。それは今わしに残っているだけの情熱では無理なのだ。また、わしの閉じた両眼が太陽に向かって再び開いて、その光へと流した涙も数え上げなければならない。そうだ、わしらの頭上で今この時輝く月はケンタッキーの荒野を照らすのに疲れてしまうだろう。今わしらを河の上を運ぶこの丸木船も、わしがアタラのために流す涙を枯らす前に、水の流れを止めてしまうことだろう！丸二日というもの、わしはあの隠者が何を言おうと全く耳に入らなかった。わしの痛みを和らげるようなよく聞かれる説教をするのではなく、「息子よ、これが神様の御意志なのだ」と言うばかりであった。そしてわしを彼の腕で抱いた。諦めたようなキリスト教徒のこのわずかな言葉に、これほどの慰めが見いだせようとは今まで夢にも思っていなかった。わしに経験がなかったならな。

この老いたる神の下僕の優しい心、しみじみとした言葉、変わらぬ忍従が、わしのいつまでも続く悲嘆に打ち勝った。わしが彼を泣かすようなことをしたと思うと恥ずかしい気持ちになった。わしは言った「父よ、もう十分です」と。「若者の情熱なぞで、あなたの平和な日々をかき乱すことなどあってはなりません。私の花嫁の亡骸は私に任せてください。彼女を荒野のどこかの片隅に埋葬し、もし私がまだ生きながらえる定めならば、アタラと約束した永遠の婚姻に似つかわしい男になるように努めましょう」

そして勇気をなんとか取り戻したので、善き父は喜びで震えた。彼は叫んだ。「イエス・キリストの血よ、わしの神聖なる主の血よ、ここにあなたの御恵みを感じます。あなたは若き青年を間違いなくお救いになられます。神よ、どうかそれを成就なさってください。この打ちひしがれた魂に平穏を返し給え。そして彼の不幸には、慎ましやかな思い出と有益な教えとしてだけ残し給え」

この心正しい人は、わしにロペスの娘の亡骸を委ねることは許さず、新しい信徒たちをここに来させ、キリスト教の儀式に伴って埋葬するのはどうかと提案した。わしはそれを逆に拒んだ。わしは彼に言った。「アタラの不幸と徳は、人々の間には知られてはいません。我らの手で密かに掘った彼女の墓も、このまま人知れぬようにしておきたいのです」。翌日太陽が昇る時に出発して、「死の森」の入り口に掛かる天然の橋の下でアタラを葬ることで合意した。また、この聖女の亡骸のそばで祈りながら夜を過ごすことも決めた。

晩に、大切な彼女の遺骸を北を指していた洞窟の入り口へと運んだ。隠者は亡骸をヨーロッパの亜麻衣で包んだ。その亜麻衣は彼の母が紡いだもので、祖国から持ってきた唯一の財産といってもよく、ずっと前から自分が死んだ時の墓のために取っておいたものである。アタラの亡骸を山のオジギソウの芝生に寝かせ、彼女の足、彼女の頭、彼女の肩そして彼女の胸の一部が露わになっていた。彼女の髪には、萎んだモクレンの一輪の花が見えた。それは彼女が子供ができるようにと、彼女の寝床に置いておいたものであった。唇は二日前の朝に摘んだ薔薇の蕾のようであって、萎れながらも微笑んでいるように見えた。輝くばかりの白の頬には、青色の静脈が幾筋か浮かんでいるのが見えた。その美しい目は閉ざされていて、華奢な足は合わせられ、雪花石膏のような両手は胸にある黒檀の十字架を抑えていて、誓いとして纏っていた肩衣は首に巻かれていた。彼女は憂いの天使に魅せられているかのようであり、無垢と死の二重の眠りについて恍惚としているようであった。わしはこれ以上神々しいものを見たことがなかった。この若い女がかつて光を仰いだことを知らない者は誰でも、眠れる「貞淑」そのものの像だと思うことだろう。

信者は一晩中祈りをやめなかった。わしといえば愛しきアタラの亡骸の枕元に沈黙して座り込んでいた。永遠に眠っている彼女の愛しい頭を何度わしの膝の上に乗せたことか！何度彼女の身をかがめて、その息を聞いたり吸おうとしたりしたことだろう！しかし今はこの動かぬ胸からはいかなる音も漏れず、この眠れる美女がもう一度目を醒めるのを待っても無駄だったのだ！

月はこの通夜を青白い松明の如き光で照らした。月は夜中に昇り、友の棺を訪ね泣いている白い巫女のようであった。やがて月は、老いた槲や昔からの海辺に話したがるような悲劇的な大神秘をこの森に広げた。時折神父は聖水に花のついた木の枝を浸して、湿ったその枝を揺らした。それによる天の香油が発するにおいが夜に漂った。時々彼は、ヨブ[41]と呼ばれる人物の昔の詩人が作った歌を古風な調子で繰り返し口ずさんだ。

私は花の如く萎れ
野の草の如く枯れた
なぜ光は悩める者を照らし
心に苦味を持つものに命を授けるのか[42]

これが古代の人の歌であった。重々しい口調に抑揚がほとんどないその声色は、静寂な荒野に響き渡った。神と墓の名前は、あらゆる谺、あらゆる急流、あらゆる木立から出るのであった。くうくうと鳴くヴァージニアの鳩の音、山の中に急流する河川の音、旅行者に告げる鐘の鳴る音、これらが弔いの歌に混じり合い、「死の森」において隠者の声に応えたような死者たちの微かな合唱すらも聞こえた気がした。

その間に東に一本の金色の線が現れていた。ハイタカは岩の上で鳴き、貂(てん)は楡の木の窪みに帰っていった。これこそがアタラの葬列の合図であった。わしはその体を肩に担いだ。隠者はわしの前を歩き、手には一本の鋤を持っていた。岩から岩へとわしらは降りていった。老いていることとわしが死骸を背負っていたことから、二人とも同じように足取りが遅かった。以前森でわしらを見つけたあの犬が、今は喜びで飛び跳ねながら別の道を案内してくれていると思うと、わしは涙に咽んだ。アタラの長い髪の毛はしばしば、朝の風に揺られてその金色のヴェールのようにわしの目を遮った。しばしば重荷を運ぶ疲労によって、それを苔の上に置かざるをえず、その側で座り力を取り戻した。ついに、わしが悲嘆で選んだ場所へと辿り着いたのだ。橋のアーチの下を降りていった。息子よ、若い未開人と老いた隠者が荒野で向き合って互いに跪き、水が涸れた峡谷の溝で自分たちの手でわしらの側で横たえているこの哀れな娘のために、手で墓を掘っていたその姿をお前に見せたかった。

墓を掘るのが終わると、わしらは美しい亡骸を土の寝床に移した。ああ、わしは彼女のためにもっと別の寝床を拵えようと望んでいたのに！わしの手に少しばかりの埃をとって、恐ろしいと言えるほどの沈黙を保ちながら、最後にもう一度わしの目をアタラの顔へとやった。そして永遠の眠りの土を、十八回春を迎えた額に被せた。次第にわしは我が妹の姿が見えなくなっていき、その美しさは永遠に幕間の下に隠れたのであった。彼女の胸だけは、薄暗い粘土から白い百合が伸び出しているように、黒い土から時折盛り上がっていた。わしはその時叫んだ。「ロペス、お前の息子がお前の娘を埋葬する姿を見るが良い！」そしてわしはアタラを永遠の眠りの土を被せる作業を終えた。

わしらは洞窟へと戻り、わしは隠者に、彼の側にわしを置いてくれないかどうか尋ねた。その人の心について驚くほど精通しているその聖なる者は、わしの考えと悲嘆のあまりの策略に気付いた。彼はわしに言った。「ウタリッシの息子であるシャクタスよ。アタラが生きている間だったら、むしろわしの方からお前にわしの側にいて欲しいと頼んだ。しかし今やお前の運命は変わった。お前は祖国へと戻らねばならぬ。息子よ、聞くがよい。悲しみというものは永遠に続くものでもない。遅かれ早かれそれは心からなくなるものだ。というのも人の心はそういう限りがあるからだ。それが我らの大きな不幸の一つなのじゃ。しかしその不幸さえもわしらは長い間感じ続けることはできないのだ。メシャスベの河へと帰るのだ。お前を思っていつも泣いている母を慰め、頼りにしているその者を支えてやれ。そして機会が見つかれば、アタラの信仰の教えを学ぶことになろう。そしてお前が彼女に徳がありキリスト教徒になる約束をしたことを守るのだ。わしは、ここで彼女の墓を守っておこう。行くのだ、息子よ。神様と、お前の妹の魂と、お前の老いた友人の心がお前と共にいるであろう」。それが山に住む男の言葉であった。その威容はとても重々しく、その叡智は深かったので、従わないわけにはいかなかった。翌日、わしはわしの胸を押し、最後の助言と最後の祝福を与え、最後の涙を流しているこの尊敬すべき主人に暇を告げた。わしは墓を通ったが、その時に難破した船がまだ帆を上げ続けているように、死の床の上に立っている小さい十字架を見てわしは驚いた。わしは隠者が夜中に墓にきて祈りを捧げたのだと思った。この友情と信仰の印を見ると、わしは涙でいっぱいになった。墓穴をもう一度掘り返して、もう一度愛する人の姿を見ようとしたが、どこか信仰として畏れ多いものと思い差し控えた。わしは新たに掘り起こされた地面の上に座った。

膝の上に片肘をついて、手で頭を支えて苦い夢想に沈んでいくのに身を任せた。ルネよ、わしはこの時に初めて我々の生が虚しいものであり、何より我々の企てが最も虚しいものであるかとしみじめと思い巡らせた。ああ、わしの息子よ。こうしたことを思い巡らせなかった人がいようか！わしは幾多の冬によって白くなった老いぼれの鹿に過ぎぬ。わしの年齢は烏と同じようなものだ。それにこれほど長い年月を過ごしたにも拘らず、またその間人生で様々な経験をしたにも拘らず、皆誰もが幸福の夢に欺かれており、胸には隠れた傷を潜ませているのだ。最も平穏な心もそれはアラシュアの荒野の天然井戸のようなもので、表面は平穏で澄み切っているが、その中を覗き込めば大きな鰐がそこの水を呑んで糧にしているのがわかるだろう。

この悲嘆の地に太陽が昇ったり沈んだりするのを今まで見てきたので、この翌日にコウノトリの最初の鳴き声とともにわしはこの神聖な墓地を去ろうと支度をした。徳に適った生活に飛び込むために、その生活の敷居を跨ごうと出発した。三度、わしはアタラの魂を呼んだ。三度荒野の精霊が墓のある橋の下からそれに応えた。わしはそして東の方を拝んだが、その向こうに、山の小道で隠者が不幸な誰かの小屋へと出かけていくのを目にした。膝をついて、墓穴に密に口づけをして、わしは叫んだ。「この異国の地で安らかに眠り給え、あまりに不幸な娘よ！汝は愛し、祖国から追放され死んだのにこのように捨てられていくなんて、それもシャクタスにも！」そして涙を滝のように流して、ロペスの娘と別れ、自然が造り出した記念物の下に、最も荘厳な記念碑「慎ましやかな貞淑の墓」を残してわしはその場所を去っていった。

エピローグ

ナチェズの子ウタリッシの息子シャクタスは、以上でヨーロッパ人ルネに己の遍歴を話し終えた。こうして父たちは子供たちへと語り伝え、そして遠い異国を旅する私は、インディアンたちが語ってくれた話を忠実に報告した次第である。私はこの話において、狩猟を生業とする人々や耕作を生業とする人々、さらに人々を第一に従わせる宗教が思い浮かんだ。また、光や慈悲や福音での真実の精神とは反する無知や熱狂した信仰の危険性も見えた。素朴な心における肉欲と貞淑との葛藤、そしてキリスト教の最も猛烈な感情と最も心を乱す恐怖、愛と死に対するキリスト教の勝利が最後に見られた。

あるセミノール人がこの話を語ってくれた時、それは非常に有益で、素晴らしくも美しいものだと感じた。というのもその話において荒野の一輪の花や優しい小屋の生活を取り入れ、素朴な調子で苦痛について語ったからであり、それが私にはできないため、完全にその話を再現することはできない。しかし唯一私が知りたいことが残っていた。それはオーブリー神父がどうなったか、ということなのだが誰も私にそれを教えてくれることはできなかった。もし一切を導きなさる主が、私が知ろうとしているそれを教えてくださらなかったら、私はそれを死ぬまで知ることはなかったであろう。以下が神父の事の次第である。

私は当時ヌーヴェル・フランスの南の国境を成すメシャスベ河の付近を放浪していたが、そこの北にある目を見張る、あのナイアガラの滝を見たくてしょうがなかった。その滝のすぐそこの古いイロコワ族[43]のところまで来たのだが、ある朝、荒野を渡りながら女が木の下に座っているのを見受けた。そして彼女はその膝に死んだ子供を抱えていた。私はその若い母にそっと近づき、彼女の言ったことを聞いた。

「可愛い子、もしお前が生きていたら、どんなに立派な姿で弓を引いてくれたことだろう。お前の腕は荒れ狂う熊をも従順にさせ、山の頂上でのお前の走る足は鹿よりも速い事だっただろう。岩山の白い隠者よ、お前は若いながらもう魂の国へと行ったのかい?あそこでお前はどうやって暮らすんだい?お前の父もいなく、なので彼がお前を狩の獲物で養ってくれることもない。寒くなっても、どんな精霊もそれを防ぐための皮を与えてくださらない。ああ、私も急いでお前と一緒になり、歌を歌ったり、乳を飲ませたいのに!」

そして若い母は震える声で歌を歌い、膝の上にいる幼児を揺らし、その唇を母の乳で濡らしてやった。そして生きた子にするような親切を、死んだ子にも存分に与えたのだ。

この女は自分の息子の死骸を木の枝に掛けて乾かそうとしていた。それはインディアンの風習であり、それが終わったら先祖たちが眠る墓へとその子を運んでいくのだ。彼女は乳児を裸にして、彼の口に何かをしばらく吹き込んだ。そして言った。「とても可愛いわが息子の魂、お前のお父さんはかつて私に口づけをしてお前を拵えた。でも私の唇は今蘇らせられる力を持ってはいないのだ！」そして彼女は己の胸を露わにして、氷のように冷たいその亡骸に口づけをした。もし神が生命を与える息吹を出すのを控えなかったら、母性の心に宿るその火によって、再び子供は蘇っただろうに。

彼女は立ち上がって、その子供を掛けるための木の枝を探した。選んだのは赤い花が咲く楓の木で、それは馥郁な香りを放っていて、アピオスの花が飾るように咲いていた。片手で下の方の枝を下げて、もう片手で亡骸をそこに乗せた。そして枝が離れるのに任せて、枝は元の状態へと戻った。芳しい葉の匂いをかすかに放ち、無垢な裸体を乗せながら。ああ、このインディアンの風習というのは実に感動的なものだ！私は荒涼な平原でクラックスやカエサルが眠るそなたらの荘厳な墓碑を見たことがあるが、しかもインディアンのこうした青空の墓の方が、ミツバチが香を持ち寄り西風がそれを動かし、鷲が巣を作っては悲しい調べの歌が聞こえる花や枝があたりに咲く霊廟の方が、私にとって好ましい。もしそれが恋人によって死の木に吊るされた若い娘の亡骸ならば、あるいは慈しんだ子を母が小鳥の住処においたのならば、その魅力は更に増されるだろう。私は楓の木の下で苦悶するその母に近づいた。私は彼女の頭に両手を差し出し、三度哀悼の言葉を叫んだ。そして、彼女には話さずに、彼女がしたように枝を取ったらその子の亡骸の周りにぶんぶん集る蝿を追っ払った。その間、側にいた鳩は怖がらせないように気をつけた。インディアンの女はこう言った。「鳩よ、お前は飛翔していった我が子の魂でないならば、お前はきっと、巣を作るために何かを探している母親なのだろう。この髪を持っていき、それはもう牛尾菜の水で洗うことはないのだから。お前たちの子供を寝かせるのに使うがいい。どうか偉大なる神様がお前たちを守ってくださるように！その間その母は、見知らぬ人の心優しい振る舞いを目にして喜びで涙ぐんだ。

　私たちがこうやっている時、若い男が近づいてきて言った。「セリュタの娘よ、私たちの子供をしまうのだ。もうここに長く滞在することはなく、明日朝一にここを発つ」。そこで私は「兄弟よ、青い空とたくさんの鹿とビーバーのコートと希望が君にあれ。一体君はここの土地の者ではないのか？」と言った。「いや」と若い男は答えた。「我々は放浪の身であり、祖国となるべき新しい国を探しに行くのです」と言いながら、その戦士は頭を垂れて弓の端で花の頭を撃ち落としていた。その様子を見ると彼らの身の上には何か涙を流させるような話が見てとられ、私は黙ってしまった。女は子供を木の枝から引き下ろし、それを膝に運び抱えた。そして私は言った。「今晩よろしければあなた方のお住まいで今晩泊めていただけないでしょうか」。「我々には住む家などありませんが」とその戦士は答えた。「我々は滝の麓で野営しているので、もし我々と一緒にいたいのなら、そちらへと行きましょう」。「わかりました」。そう私は答えて一緒に出発した。

　やがて滝の麓について、そこは物凄い音響を響き渡らせていた。この滝はエリー湖[44]から出てオンタリオ湖へと注ぐナイアガラ河が水源であり、その垂直の高さは四十メートル強にも及ぶ。エリー湖から滝までは、急な傾斜を河が走り、滝で落水する箇所ではその様は河というより、大きく口を開いた深淵へと奔流する海と表現するのが適切であった。滝は二つの支流に分かれ、蹄鉄のように弧を描く。この二つの枝の間には、下の方は凹んだ島が出ていて、それは混沌とした激流の上にあらゆる木を咲かせながら傾いている。南の方へと急流する河の勢いは、広大な円柱を形づくるように渦巻ながら、雲が広がるように解れて、太陽の光はあらゆる色で輝きを放つのだ。逆に東側へと流れるのは、恐るべき漆黒へと落ちていく。それは大洪水の水の柱のようだと人は言う。無数の虹が、深淵の上にたわみつつ浮き上がっていく。ぐらぐらと揺れ動く岩に水が当たって泡立ちながら逆り、森の上まで業火から立ち登る煙のように上っていく。松や、野生の胡桃や、幽霊のように切り刻まれた岩が、その光景を更に装飾していた。風の翼に乗ってきた鷲は、輪を描きながら深淵の底へと降りていき、融通無碍なその尾によって低く垂れた枝の端に吊るしたアメリカアナグマは、深淵の中にいる大鹿や熊のバラバラになった死骸を掴もうとしている。

私がこういった光景を恐れを交えながら眺めていると、インディアンとのその妻が私から離れていった。私は彼らを滝の上の河川まで遡って探したが、やがて彼らが喪に服するのに適切な場所で見つけた。彼らは老人たちと一緒に草の上で横たわっていて、その側には獣の皮で包まれた人間の亡骸がいくつかあった。ここ数時間見たもの全部に私は驚きながら、私は若い母の側に座り、彼女に「姉妹よ、これらは一体どうしたものですか?」と言った。彼女は私に「兄弟よ、これは故郷の土です。これは我々の祖先の灰であり、放浪の身で絶えず携帯しているものです」と答えた。私は「そして、あなたたちはなぜにそのような不幸な身にあい、放浪する運命となったのですか」と問うた。セリュタの娘は答えて「私たちはナチェズ族の生き残りです。フランス人が同胞の仇を討とうとして私たちの種族を虐殺した後に、その征服者の手から逃れた者たちは隣の国のチカソー族[45]に匿ってもらいました。私たちはそこで長い間平穏に暮らしました。しかし七ヶ月前にヴァージニアの白人たちが私たちの土地を奪いました。ヨーロッパの王によってその土地が彼らに与えられたのだ、と言いながら。私たちは目を天に注ぎ、私たちの先祖の骨を担ぎ、荒野を渡るためにそこを発ちました。そこを渡っている間に私は子供を出産しましたが、私の出す乳は身が苦しかったので栄養が乏しく、子供は死んでしまったのです」。こう言って若い母は、その髪で自分の目を拭った。私も一緒に泣いた。

さて、私は言った。「姉妹よ、偉大なる精霊を敬いましょう、この世の全てはその者の命により生じるのだから。我々は皆旅人なのです。私の先祖もそうなのでした。けれどもその旅にも身を休める場所があります。こう言うと白人たちのような軽率な言葉だと思われるかもしれませんが、ナチェズのシャクタスについてお聞きになったことはあるでしょうか？」この質問にインディアンは私を見て言った。「あなたにナチェズのシャクタスについて話したのは一体誰でしょう」。私は答えた。「叡智が、です」。インディアンは答えた。「私が知っているだけのことを話しましょう。あなたは私の息子の亡骸に集る蠅を追っ払ってくれましたし、偉大なる精霊についての善き言葉を言ってくださったのですから。私はシャクタスが養子にしたヨーロッパ人のルネの娘です。洗礼を受けたシャクタスも、祖父のルネもとても不幸な身であって、虐殺の折にその命を落としたのです」

「人は常に悲しみから悲しみへと渡っていくものです」と身をかがめながら私は言った。「ではオーブリー神父についてもご存知ですよね」。「その者もシャクタスに劣らず不幸でした」とインディアンは言った。「フランスに抵抗するチェロキー族[46]が、その者の伝道所へと侵攻しました。彼らは本来は旅人を救うために鳴らされる鐘の音に導かれてそこにたどり着いたのです。オーブリー神父は逃げようと思えば逃げられたのですが、子供たちを残してそのようなことはしたくなく、自分を模範としながら、彼らを死に向かうことを耐えられるように勇気づけたのです。彼は恐るべき火炙りで殺されました。しかしいかなることも、彼から神様を辱めたり、祖国を汚すような言葉を引き出すことはできませんでした。その火炙りの間、彼は執行人のために祈ったり、他の犠牲者のために同情しました。その方からなんとしても弱音を吐こうとさせたかったので、チェロキー族は彼の足元に、恐ろしいほどに切り刻まれた未開人のキリスト教徒を投げつけました。けれども彼らの驚いたことには、その信者は跪いて老いた隠者の傷に口づけをしたのでした。『我が子よ、我々は天使たちと人間たちの前に立たされたのだ』。怒り狂うインディアンたちは、その喉に赫赫と燃える武器をその方の喉に突いて、これ以上話せなくしました。もはや同胞たちを慰めることができず、彼は息絶えました。今まで未開人たちが悶え苦しむのを見るのが愉悦だったチェロキーの人々も、オーブリー神父のその慎ましい勇気には何か自分たちが知らないもの、この世ならざる勇気を認めざるをえなかったのでしょう。その中の何人かはその死に心打たれて泣いて、キリスト教に改宗したと聞きます。数年後、白人の国から帰ってきたシャクタスは、祈りの長のその悲惨な最期を知るとその者とアタラの灰を回収しようと出かけました。信者の集落があった所に行きましたが、もう殆どかつてそこで見たものを見出せないほどそこは変わっていました。湖は氾濫して草原は沼となり、天然の橋は崩壊し、アタラの墓と死の森はその破片に埋もれていました。シャクタスは随分と長い時間をかけてそこを彷徨い歩き、隠者がかつていた洞窟を訪れ、そこには木苺やその実がいっぱいあって、一匹の雌鹿が自分の子に乳を飲ませていました。シャクタスはかつて通夜をした岩の上に座りましたが、そこには渡り鳥の翼から落ちた羽がいくつか散らばっているだけでした。彼は泣きましたが、その時には宣教師が飼っていた懐かしい蛇が近くの茂みから出てきて彼の足に巻きつきました。シャクタスは、この廃墟の中ただ一匹残っていたこの忠実な友を胸に抱いて温めてやりました。このウタリッシの息子は何度も語ったものでした。夜が近づくと、黄昏の露の中からアタラとオーブリー神父の影が身を起こしてくるのを見たに違いない、と。その光景は彼を恐ろしい信仰心と悲しげな喜びでいっぱいにしたのでした。妹と隠者の墓を探しても甲斐がないと知った時、この場所をまさに去ろうとしていましたが、その時洞窟にいた雌鹿が彼の前に飛び出してきました。その鹿は宣教師の十字架の下で立ち止まりました。その十字架は、半ばほど水に浸かっていて、木は苔に覆われて、荒野のペリカンは蟲が集った腕の上に腕木にとまるのを好んでいました。シャクタスはこの恩を忘れぬ鹿が自分の主の墓へと連れてくれたのだと考えた。かつて祭壇としての役割を果たした岩の下を掘ると、男と女の遺骨が出てきました。それが司祭でありあの乙女であると疑わず、天使たちが多分埋めたのだろうと思いました。彼はそれらの遺骨を熊の皮膚で包み、それを担いながら祖国へと運び帰って行ったのでした。それらを肩の上で運んでいる際に鳴る音は、あたかも死の箙えびらのようでした。夜になると、彼はそれを枕に敷いて愛と貞淑さのある夢を見たものでした。異国の人よ、ここにある遺骨がまさにそれで、シャクタス自身のものもありますからご覧になるといいでしょう」

インディアンがこの言葉を言い終わると、私は立ち上がり貴い遺骨へと近寄り、その前に粛々と身を投げ出した。それから、大股でそこを離れて、私は「このようにして立派なもの、気高きもの、優しいものはこの世から過ぎ去っていくのだ。人よ、お前は束の間の夢で、苦悶の朧に過ぎぬのだ。お前は不幸ゆえにこの世にいるに過ぎぬ。魂の悲しみや、永遠に憂鬱な想いを生きていると抱くのみなのだ！」と叫んだ。

私は一晩中、こういった考えに取り憑かれていた。翌日日が昇ると、私を泊めてくれた方たちと別れた。若い戦士たちは歩みを進め、花嫁たちはそれに続いた。男たちは神聖な遺骨を運び、女たちは新生児を運んでいた。列の中央を老人たちがゆっくりと歩いていて、彼らは先祖と子孫、過去の思い出と将来への希望、失われし祖国と来るべき祖国の間を歩いていくのだ。ああ、このようにして故郷の地を見捨てていくのならば、放浪する丘の上からその下で育った屋根や、故郷の寂れた野原を悲しげに流れてゆく村の河川を今生の別れのつもりで見るならば、その涙はどこまで続くのだろう！「新世界」の荒野を祖先の遺骨を抱えて放浪する不幸なインディアンたちよ、惨めな境遇ながら私をもてなしてくれた者たちよ、私は君たちにお返しすることは今はできない。私もまた君たちと同様に彷徨うのだ。人の慈悲に縋りながらね。そして私は自分の先祖の骨を携えていない。だから放浪する私は君たちよりもなお不幸な身なのだ。

ルネ

ルネ

ナチェズに到着すると、ルネはその土地のインディアンたちの風習に上手く順応するために、妻を娶ることを強いられたのであった。とはいえ、彼は妻と一緒に暮らしているわけではなかった。憂鬱ともいえる性分で森の奥まで思わず足を運び、そこで幾日も一人で過ごした。未開人の中でも特に未開人のようであった。彼の養父のシャクタスとロザリー要塞[47]の宣教師である神父スーエルのほかには、ルネは誰とも交流することはなく、この二人の老人が彼の心に大きな比重を占めていた。前者のシャクタスに関しては心地いい寛大さによって、後者のスーエルに関しては逆に極度な厳格さによって。ビーバーの狩りをしていた時、盲目のセイシェムが数奇な経歴をルネに語ったのだが、それ以来ルネは自分自身の身の上を語ろうとは思わなくなった。その一方シャクタスと宣教師は、いかなる不幸によりこの立派なヨーロッパ人がルイジアナの人気のない荒野に身を沈めるに至ったのか、その奇妙な決意について猛烈に知りたがっていた。そういった彼の身の上話に関する好奇心を話すのを断るための口実として、自分の思考と自分の心持ちとしてそうしたいと思っただけで特に面白く思うようなことはありません、ということをいつも口にしていた。「私をアメリカへと渡航する決意をさせた出来事というのは、永遠の忘却の中に沈めねばならないものです」と彼は付け加えた。

このようにして数年が過ぎ去ったが、二人の老人は彼の身の上の秘密を知ることができなかった。ルネは外国宣教会を通じてヨーロッパから手紙を受け取ったが、それは彼の憂鬱を更に増大させ、二人の老いた友人まで避けるようになった。彼らはルネが自分の心中を見せるように出来る限り骨を折った。彼らは分別と甘言と威嚇を存分に駆使して彼に迫ったので、ルネはついに身の上話をせざるを得なくなった。そこで彼は日を定めて彼らに話すこととしたが、それは彼の今までの身の上の冒険譚ではなく、というのもそんなものには遭遇したことはなかったからだが、あくまで彼の心の奥底にある感情についてだった。

その土地の未開人が「花の月」と呼ぶ月の二十一日に、ルネはシャクタスが滞在している小屋へと赴いた。彼はセイシェムに腕を貸して、メシャスベ河の縁のサッサフラスの木の下で語ることにした。スーエル神父もそこに遅れずにやってきた。夜が明け始める頃だった。平原から距離を経たところにナチェズの村があり、桑の木の林や蜜蜂の巣にも似た未開人の小屋があった。フランス人の集落とロザリーの要塞が河の麓の右側の方にあった。天幕や、組み立て半ばの家、建設を始めたばかりの要塞、黒人たちがいる開墾地、白人とインディアンの集団、その小さい面積において文明化された社会と未開人の社会との対照が表れている。東の方に目を向けるとその向こうには、アパラチア山脈の砕けたような山頂の間に太陽が昇ってくるのがみえ、黄金色の穹窿に蒼色を混ぜる色合いであった。西の方では、メシャスベ河は鷹揚な沈黙さに波を運び、計り知れぬ壮大さで縁取りを形作っていた。

ルネと宣教師はしばらくの間この美しい景色に見惚れていて、その美しさを享受できぬセイシェムを気の毒がった。そしてスーエル神父とシャクタスは樹の根本の芝生に座った。ルネは二人の間の真ん中に座り、しばし沈黙した後に以下のように老いた友人たちに語り出した。

「私の話を始めるにあたって、羞恥の念を自身に抱くことを禁じえません。あなたがた尊敬すべき老いた方たちの心の平和と、私の周囲を囲む自然の平静さが、私の心の動揺と興奮から赤面させるのです」

「どんなにあなたがたは私を憐れむことでしょう！私の永遠とも言える不安が、あなたがたにとって私が惨めな存在と見えるでしょう。人生の悲しみを全て吸い尽くしたあなた方は、力も徳もなく、自身に苦悶しただ自分が招いた不幸を嘆くだけの若者を見てどうお思いになるでしょう。ああ！どうか私を責めないでください。もう十分すぎるほど罰を受けているのですから」

「私はこの世に生を受けた際に、その代償として母が亡くなりました。彼女の胎内から引き摺られるようにして存在を始めたのです。兄がいたのですが、彼が長男だった故に父の愛を一身に受けました。私に関していえば早い段階からよその所に引き取られて、父性とは全く関わりのないところで育ちました」

「私の気性は激しく、性格は波が激しいものでした。騒いだり楽しんだりしたかと思ったら、悲しんだり沈黙したりしました。私の周りに小さな友達を集めたと思ったら、突如彼らから離れ、一人ぽつんと座っては漂い去る雲を眺めたり、葉っぱに落ちる雨音に耳を傾けたりしました」

「毎年の秋には辺鄙な地方の森の真ん中の池のそばにある、父の屋敷へと帰っていました」

「父の前ではおずおずしていてぎこちなかった私は、私のそばに姉のアメリーがいなければ心落ち着くことはありませんでした。気質や嗜好が穏やかな彼女は私と固く結びついたのです。彼女は私よりわずかに年上でした。私たちは一緒に小さな丘によじ登ったり、湖の上を漕いだり、葉の落ちる季節に森の中を駆け回ったりしました。あの頃の散歩の思い出は私の心を未だに甘美さでいっぱいにします。ああ、少年と故郷の幻影よ、決して汝の甘美さを失い給うな！」

「ある時は秋の重いざわめきや足下に哀しげに引き摺られる枯れた葉の音を耳にしつつ、静かに歩みを進めた。またある時は、無垢な遊戯の一環として平原で燕を追っかけ、雨に濡れた丘にかかる虹を求めたりもした。また時折、私たちは自然の光景をみて思い浮かぶ歌を口ずさむこともあった。幼くして、私はミューズの女神と仲良くなったのです。十六歳の少年の心ほど、澄んだ情熱で詩的な趣をもっているものはありません。人生の朝とはいわば一日の朝であり、純粋さや空想力がとても豊かで、調和に満ち溢れています」

「日曜日や祭りの日には深い森の奥で、農業に勤しむ人を寺院へと誘う鐘の音が遠くから聞こえてきました。楡の幹に寄っ掛かりながら、私はその敬虔な音に黙って耳を澄ませました。鐘の一音一音が、私の心に田園の素朴で無垢な風習や、平静さや静寂さ、宗教の魅力や我が幼年期の美味とも言える憂鬱を思い起こさせました。ああ、いかに邪悪な心といえども生まれ故郷の鐘の音に感動を覚えないなんてあるのでしょうか。その鐘はその者がまだ揺籠にいる時に震動し、その者の心臓がこの世で初めて脈打ったことを告げた音、近隣の人々にその者の父の尊い喜びと母の一層筆舌に尽くせぬ苦しみと喜びを告げた音なのです。一切は、故郷の鐘の音が我々を沈み込ませる、あの楽しい夢の世界に見出されます。宗教も、家族も、祖国も、そして揺籠も、墓も、過去も未来も」

「アメリーと私が、こうした荘厳で柔和な考えを誰よりも抱いていたのは事実です。というのも私たち二人は、心の奥に少しばかりの悲しみがあったのですから。それは神様からか、あるいは母からか受け継いだものでした」

「その間に私の父が病に冒され、少しばかり経つと墓へと葬られました。彼は私の腕の中で息絶えました。私は自分に生を教えてくれた人のまさにその唇から、死というものを学びました。その印象は大きなものでして、今なお続いております。魂の不滅性が私の眼前にまざまざと表れた初めての時でした。この動かぬ体の者が私の心を創造したなどととても信じることができませんでした。私は自分の心が何か別の源からやってきたものだと思い、そして喜びに近いような聖なる苦悩の内に、私はいつの日か父の霊と再び出会うことを期待しました」

「更に別の現象が、私の高邁なこの考えを更に確信させました。父が柩へと収められた時の様子は、どこか崇高さを感じさせるものがありました。この驚くべき神秘がどうして我々の不死の証拠ではないといえましょうか。何故に万能な死が、その生贄の額に他の世界の秘密を刻みつけないなどということがありましょうか。墓の中に永劫という偉大な像がないということがありましょうか」

「苦しみに悶えるアメリーは、塔の奥へと引きこもってしまい、ゴシック造りの館の丸天井の下で僧侶の隊列が歌うレクイエムや、弔いの鐘が鳴り響くのを聞いていました」

「私は墓場へと父と共に行きました。大地はその亡骸をしっかりと覆い、永劫と忘却があらん限りの重さでそれを埋め沈めました。その日の晩、すでにその墓など問題とならないような無関心さが現れました。彼の息子と娘以外は、もう彼などいないかのような存在でした」

「父の家を私たちは去らねばならず、というのもそれは兄の遺産として相続されたからです。私はアメリーと一緒に親戚の方へと移りました」

「人生という錯綜する道のりの入り口の前で、そのどの道も進もうとせずあれかこれかと迷っていました。アメリーは宗教生活の幸福についてしばしば私に語ったものでした。彼女は私に、自分が俗世にまだ留まっているのは私との絆があるからだと言って彼女の私に向ける視線は悲しみが伴っていました」

「こうした敬虔な会話によって私の心は動かされて、私は新しい住処の近くにある修道院へとしばしば足を運びました。たまに私はそこで自分の人生を埋めようという誘惑にも駆られました。港を離れることなく人生という旅路を終えた者、あるいは私とは違い地上で無益な日々を送らなかったものこそ幸福な者です！」

「常に絶え間なくあくせくしているヨーロッパ人は、孤独としての住処を建てる必要があります。我々の心が騒ぎ活発になるほど、平静と沈黙が我々を惹きつけます。不幸な人や心弱い人のために開かれた我々の国の救済院は、不幸という漠然とした感情や避難所を望む心を持つ谷間に隠されています。時には信仰深い魂が山の草木のように、自分の香りを捧げるために天へと伸びる高い場所においても見出されます」

「私は今なお、気まぐれな俗世から離れて隠居しようとしたこの古い寺院を囲む、荘厳な水や森の風景を思い浮かべます。私は今なお陽が沈む頃に、足音がこだまする侘しい回廊を彷徨い歩きます。月が拱廊（こまねろう）の柱を半ば照らして、反対側の壁にその影を映す夜、私は立ち止まって畑の墓にかかっている十字架や、墓石の間を伸びる長い草について考察を巡らせるのでした。ああ、世間を離れて生き、寂然とした生から死という沈黙へと移った人々よ！あなた方の墓がどれほど私をこの地上に対する嫌悪感を抱かずに済ませたことでしょうか！」

「元々移り気な性分だからなのか、あるいは修道院生活に対する偏見からなのか、私は予定を変更して、旅することを決心しました。私は姉に別れを告げました。彼女は私と別れるのを喜んでいるかのような様子で、私を腕で抱擁しました。私は人間の愛情の移ろいやすさを見て、苦々しい心もちを抱かずにはいられませんでした」

「こうして熱意いっぱいに、どこに港があるのか、どこに座礁があるのかわからないままに、一人で人生という荒波へと飛び込みました。まず、今はもうこの世にはいない国民を訪ねました。私はそこに赴き、強国で独創的な歴史を持つローマとギリシアの瓦礫で腰を下ろしましたが、そこの宮殿はすでに塵の中に埋もれ、国王の霊廟は茨の下に隠れていました。自然の強さと人間の弱さ！草の茎が墓の最も強固な大理石を穿ち、死んだ全ての者は、その強大な力をもってしても墓石を持ち上げることは叶わない！」

「ある時は、一本の高い円柱が荒野の中でぽつんと立っていて、それはあたかも時の経過と不幸によって荒らされた心の中で、時に偉大な思想を萌しているかのようだった」

「私は何かあるたびにいつも、これらの建造物に想いを馳せていました。ある時は、そうした都の礎石が築かれるのを見た太陽が、同じく私が見ているその廃墟で荘厳に沈みました。またある時は、澄み切った空に昇りかかった二つの納骨用の壺の間に浮かぶ月が、青白い墓を私に照らしてくれるのでした。夢想に耽らせるこの天体の光が時折、私の側で思い出の聖霊が物思いに考え込んで座っているような気がしたのでした」

「しかし棺桶の中を漁るのもやがて飽きてきました。というのもそれは罪深い塵を掻き動かすばかりでしたので」

「私は現代における人々が、すでにこの世を去った人々よりも徳が高いか、あるいは不幸が少ないかを知ればよいと思いました。ある日大きな街を歩いていたとき、ある宮殿の裏を通りがてら、そこの奥深くにある荒涼とした庭に入りました。そこにある像が指で、有名な殺戮事件の現場を指差していました。私はこの場所の静かなところに心打たれました。風だけが、悲劇の大理石の周りで唸っていました。労働者たちがこの像の足元で無関心な態度で寝そべっていたり、口笛を吹きながら石を削ったりしていました。私は彼らにこの像は何を表しているのかを尋ねましたが、僅かに答えられるものも数人しかおらず、残りの者はそれが語る惨状については全く知りませんでした。これほど、この世の出来事の大きさと、我々の無価値さを教えてくれる正確な尺度はありませんでした。あれほど世に騒ぎをもたらした人々は今やどうなったでしょう? 時は歩みを進め、大地の表層は再び更新されたのです」

「私は旅路において、とりわけ芸術家や、竪琴で神々を讃える神官たちや己の法律や宗教や墓を誇りに思っている人々に目を向けました」

「これらの歌い手は神聖なる種族といえ、彼らは天が地に与えた比類ない唯一無二の才能を有していたと言えます。彼らの生は素朴であると同時に荘厳なものです。彼らは黄金の口をもって神々を称えますが、あらゆる人々の中でも一番純朴な存在です。彼らは不死の神々のようにか、あるいは幼い子供のように語ります。彼らは万物の法則について説明しますが、生活の最も些細なものについては理解することができません。彼らは死について驚くような考えを持っていますが、新たに生まれた乳児のように死を意識せずに死んでいきます」

「カレドニアの山で、そこの荒野にいる最後の吟遊詩人が、かつてある英雄が己の老いを慰めた歌を奏でてくれました。私たちは苔に覆われたいくつかの石に腰掛けました。足元に水の急流がありました。小鹿が瓦礫の塔から少し離れたところを通り、海の風がコナの荒野を吹きました。今や聳立する山々の娘でもあるキリスト教は、モールヴェンの英雄たちの遺跡において十字架を掲げていて、かつてオシアンが鳴らしたのと同じ急流の端で、ダビデの琴を鳴らすのです。セルマ[48]の神々が戦争好きであったのと同じくらいキリスト教とは平和的であり、かつてフィンガル[49]の戦いの場所であった庭でキリスト教は羊の群れを見守ります。そして平和の天使を殺戮の幽霊たちが住まう雲へと向かわせるのです」

「歴史深く賑やかなイタリアは、数多の傑作を私に見せてくれました。どれほどの敬虔さと、詩的な畏怖の念をもって芸術が宗教に捧げられた広大な建物を彷徨い歩いたことでしょう。なんという柱の迷路！なんという丸天井のアーチの連続！大聖堂の周りで聞こえるあの美しい音は、海洋のさざなみの音であったり、森にそよぐ風のざわめきであったり、あるいは神殿に在します神様の声のようでもあったのです！建築家はいわば詩人の着想そのものを建築し、それが見るものの五感に触れさせるものです」

「しかしこれほどの旅の疲れで、結局私が得られたものといえばなんでしょうか？古代においては確固たるものはなく、現代においては美しいものも見出せなかったということです。過去と現代とは二つの未完成の彫像なのです。過去は時代の瓦礫からバラバラとなって引き出されたものであり、現代は将来の完成をまだ終えてない段階にあります」

「しかし老いた友人の方たち、荒野の住人たちであるあなた方は特に、私の旅路の話の中で自然について一度も言及しなかったことに不思議がられるでしょう」

「私はある日、島の真ん中で火を吐いているエトナ山[50]の頂上に登りました。私は縹緲とした地平線から太陽が昇るのを見て、足元でシチリア島が一点に収縮したり、海がどこまでも広がっていく景色を眺めたのです。この鳥瞰図においては、河は地図上の地形的な線としか見えませんでした。しかしこれらの対象を私の目が知覚すると同時に、エトナ山の火山口へも目を向けました。そこから発せられる黒い蒸気の風の合間に、燃え盛る胎内が見えたのです」

「情熱に滾っている若者が火山の噴火口の側に座り、足元に辛うじて見られる住居に住む人々の運命を嘆いていました。彼らの存在は、老人たちよ、あなた方はきっと憐れみを示したことでしょう。しかしあなた方がルネという存在をどうお考えになろうと、彼の見たこの映像は彼自身の人物像と存在そのものを表していました。私は今まで生涯にわたってずっと、甚大で計り知れない創造物をずっと見ていたのと同時に、側で開いている深淵もまた見ていたのです」

こう語り終えると、ルネは黙り込んで、突然夢想に沈んでしまった。神父スーエルはその様子を驚いて見て、その一方盲目の老人セイシェムは若者の語りはもう聞いてなかったので、黙って物思いに耽っていた。

ルネは平原を楽しそうに通っていくインディアンの群れに目をやっていた。すると突然全身が感動で震え、涙が目から溢れた。彼は叫んだ。

「幸福な未開人たちよ！お前たちにはいつもある平和の時を、なぜ私は味わうこと叶わないのか！この国を駆け回っても得られるものはごく僅かだというのに、樫の木で和やかに座るお前たちは、流れていく日を数えることなく身を委ね過ごしていくのだ。お前たちは欲求を満たす以上には理性を働かせない。そして遊びと睡眠の最中に子供のように私以上に叡智を見出したのだ。幸福の過剰から産まれる私のこの憂鬱がたとえお前たちの心に時折萌したとしても、お前たちはすぐにその悲しみを忘れてしまい、私が知らぬ哀れな未開人を憐れむなんとも言えぬ目線で、優しげに空を見上げるのだ」

ここでルネの声は再び途絶え、そしてこの若者はうなだれたのであった。シャクタスはこっそりと腕を伸ばしこの若者の腕を掴んだ。そして感動した口調で叫んだ。「息子よ！愛する息子よ！」この言葉の激しさを受けて、アメリーの弟は我に帰り、己の苦悩した姿に赤面した。そして父に許しを願った。

すると老いたる未開人は言った。

「若い友よ、君のような心の動きは中庸を保つことを知らない。せめて君にそれほどの不幸を与えたものを和らげなさい。たとえ君が他の者より人生で多く苦しもうとも、それは驚くようなことではない。偉大な魂というのは矮小なものよりも多く苦しむ定めにあるのだ。君の話を続け給え。君は私たちにヨーロッパの国々の一部の旅行を話して聞かせてくれた。今度はお前の生まれの祖国について聞かせてくれ。君も知っての通り、私はフランスにも赴いたことがあり、またどんな絆が私をそこに結びつけたかも知っている。もう今は死去したが、あの偉大なルイ十四世についての話を聞きたい。その方のあの素晴らしいヴェルサイユ宮殿も訪問したことがある。我が子よ。私は今や過去を回想することしかしないのだ。昔の夢に生きる老人は、この森に老いて朽ちた樫の木のようであり、その樫の木はもう自分の緑葉で身を飾ることは叶わないが、時折その古い枝に生えた別の植物で、その裸身を覆うことはあるのだ」

アメリーの弟は、この言葉を聞いて我を取り戻して、その心の歴史を再び語り始めるのであった。「ああ、お父さん！私はあの偉大なる世紀の話をすることはできますまい。というのも私が幼い頃すでにその世紀の末だったので、私が祖国に帰ったときはすでにその世紀は過ぎ去っていました。人々の間でこれほどの驚愕すべき変化が突如もたらされることはありませんでした。どこまでも空高い天分、宗教への尊敬、道徳の重厚さ、そういったものは一瞬にして精神の卑屈さ、不信心、腐敗へと堕ちていきました」

「そのため、私にいつもついて回った不安や熱烈な願いを鎮めてくれるものを私の祖国で見出そうと努めましたが、徒労に終わりました。世の中の教えは私に何か授けてくれることはなく、また無知からくる柔和さというのも私にはすでにありませんでした」

「私の姉は、訳のわからぬ態度によって私の物憂さをよりひどくさせることを面白がっている様子でした。私が到着する数日前に彼女はパリを去りました。私は彼女に会いにいくつもりだという手紙を送りました。しかし彼女は、自分の仕事の都合で居住地が定まらない口実の下、私の予定を思い留まらせるような返事を急いで寄こしました。一緒にいると冷め、別れると想いは消え、不幸には抵抗できず、幸福にはより力のない愛情というものに、どれほどの悲しい思いを抱いたものでしょうか」

「やがて私は異国の地にいた以上に、祖国で孤独を感じました。私はしばらくの間、私に一言も言わず、また私から一言も聞かない世界に身を投じようと考えました。私の心は、今までいかなる情念によっても擦り減ることはありませんでしたが、何か縋り付けるものを見出そうとしました。しかし他者から私が受け取る以上に、私が他者に与えることが一番でしょう。人々が私に要求するのは高貴な言葉でもなければ、深い感情でもありませんでした。私は俗世の水準に適合するために、自ら自分の生を卑俗なものにしました。すると夢想家として至る所でみなされ、自分の果たしている役割が我ながら恥ずかしくなり、物事にも人にも段々と嫌気を感じ始めたので、人里離れた郊外に隠居しようと決心しました」

「最初はこの誰にも知られず、依存もしない生活に十分に満足しました。しかし知らず知らずのうちに、群衆の只中へと入って行きました。あの人々の集う広大な荒野に！」

「しばしば人の往来の少ない教会で座り、時間をまるごと瞑想することによって過ごしました。哀れな女たちが高き主に平頭するのを見ました。また、罪人が贖罪の法廷にて跪くのも見ました。ここから出ていくものは入ってきた時よりも必ず平静な顔をしていましたし、戸外で聞こえる鈍いざわめきは、主の司る建物にその情念の波や俗世の嵐が打ち寄せては消えていくものでした。私の涙を密かに神聖な陰で流させる偉大なる主よ、貴方は何度私がその跪いて、私の担う生の重荷を取り払ったり、悔い改めない頑固な老人のような心を変えてくれるよう願ったことでしょうか！ああ、再生することを渇望し、水の急流で若返り、心を生命の泉へと浸かりたいと願わなかった人はいるでしょうか。己の堕落により打ちひしがれ、偉大で、高貴で、正しいことを何一つできない己を時に見出さない人がありましょうか」

「夕暮れが訪れたとき、隠れ家への道を辿りながら、沈みゆく太陽を眺めるために橋の上で足を止めました。街のもやを照らす太陽は、世紀の時計の振り子のように金の流動体においてゆっくりと揺れ動くようでした。私は夜とともに、孤独の道を渡って家へと引っ込みました。人の家から輝く灯を見ると、その光が照らす苦悩や喜びの真っ只中の場面を思うと想いが高まり、私はこういった家の下で人は住んでいるのに、私自身は一人の友もいないことを考えました。考え込んでいるうちに、ゴシック式の聖堂の塔で時を知らせる鐘が鳴り渡りました。聖堂から聖堂へとあらゆる音調で、至る所へと繰り返しなりました。ああ、毎時間ごとに墓が開き、涙を流させるものでした」

「最初は私を喜ばせたこの生活も、間もなく耐え難いものとなりました。同じ景色や同じ考えの繰り返しにうんざりしてきました。自分の心というものを探り、自分が望んでいるものを自身に尋ねました。それが何かはわかりませんでしたが、森の中の生活がこの上なくいいだろうと突然思い込みました。つい最近始めたばかりなのに、まるで何世紀にも渡って貪欲に望んでいたかのように今の暮らしをやめ、田舎の侘しい住まいに引っ越しすることを決心しました」

「私はいつもやるように、この計画を熱心に進めました。かつて世界を一周した時のように、田舎の小屋に身を埋めるために忙しく出発しました」

「人は私を移り気で、一つの空想に長く耽ることができず、あたかもそれが持続するのが苦痛であるかのように私の快楽に性急に飛び込んで来る空想の餌食となっている、と責めることでしょう。到達し得る目標を追い越すことも非難することでしょう。ああ、私はただ自分の本能が追求している未知の幸福を探し求めているだけなのに。もし私が至る所に超えられぬ壁を見出し、すでに終わったものが私にとって何の価値もないならば、それは私のせいだとでもいうのでしょうか。しかし私は人生において単調な感情を好み、そして幸福を信じるような愚かな気持ちがまだ私にあるのなら、それを日常の習慣において見出すことでしょう」

「絶対の孤独と自然の光景は、私を殆ど筆舌に尽くし難い状態へと誘いました。いわばこの地上で親もなく、友もなく、誰も愛したこともない私は、有り余るほどの充溢した生に圧倒されました。時折私は突然赤面し、心の中で熱い溶岩のような流れが生じるのを感じました。また思わず叫び声を上げることも時折あり、寝ても覚めても夜は苦しいものでした」

「私という存在の深淵を満たすための何かが私には欠けていたのです。私は谷を降り、山を昇り、欲望の力を振るい起こして、未来の理想の炎を追い求めました。私はそれを川のせせらぎにおいて聞いたものと思いました。全ては空想の幻で、空にある天体、そして宇宙の生の原理すらもそうなのでした」

「しかし、この平穏と動揺、欠乏と裕福の状態において、ある種の魅力がないではありませんでした。ある日、川の柳の葉を摘み、その葉っぱ一枚一枚が想いをのせて川に流されていくのに楽しみを覚えていました。急に勃発した革命によって自分の王冠を失いはせぬかと恐れる国王も、私が摘んだ小枝の残骸を脅かしはせぬかというほどの危機感を抱かなかったであろう。生きるものの何という弱さ！決して老いることのない心のあどけなさよ！このような子供らしい純粋さにまで高邁な理性といえども降ることができるものなのです。そして多くの人が自分の運命を、私の摘んでいる柳の葉と同じほどの価値しかないものに委ねているのもまた事実なのです」

「しかし私が歩いている時つかの間に感じる、幾重もの感情をどう説明したらいいでしょうか?空虚で孤独な心に情念をもたらすその音は、あたかも沈黙の荒野で鳴り渡る、風と水のざわめきに似ています。それを聞いて楽しむことはできても、うまく説明することはできないのです」

「こうして思いが定まらない中で、秋が不意にやってきました。私は有頂天な気持ちでこの嵐の月へと入って行きました。風や雲や幻影の中で彷徨い歩く一人の戦士となることを欲し、また森の片隅で茨などを燃やしてそのささやかな火で、自分の手を温めている羊飼いをよく見かけたので、彼らのようにもなりたいと思いました。私は憂鬱さが乗った歌を聞きましたが、それはどこの国においても人が自然に歌う歌は、例えそれが幸福を謳っていたとしても、悲しいものであることを思い起こさせました。私たちの心は不完全な楽器のようなもので、弦の抜けたリラのようです。そのため喜びを歌うはずの音楽でも、それには嘆きの調べを乗せなければならないのです」

「私はその日、森の端にある広大な荒野を彷徨い歩きました。その荒野は私を夢想に浸らせるものでいっぱいでした。私の目の前で風に追い立てられる枯葉、枯れ木のてっぺんへと昇る煙を吐き出す小屋、北風のそよぎに樫の木の幹で震える苔、周りと隔ててある岩、萎れた葦がそよいでいる荒涼の沼。遠くから谷へと響いてくる孤独の鐘。こういったものが私の注意を惹きつけました。しばしば私の上を飛んでいく鳥の群れの軌跡にも目をやりました。彼らの飛んでいく先の見知らぬ国や、遠くの土地に想いを馳せました。私もその鳥たちの翼の上に乗ることができたらなぁと思いました。隠れた本能が私を苦しめました。自分は一人の旅人に過ぎないと感じましたが、空からこのような声が聞こえてくる気がしました」

「人の子よ、汝の移住の刻は至らざるなり。死の風が吹き起こる迄待たれよ。その刻こそ、汝が望む未知の大地へとその翼を広げるに能うべし」

「ルネを他の生の空間へと運ぶ待望の嵐よ、速やかに吹き起こるのだ。こう言って、私は大股に歩み、顔を燃え立たせせた。髪に風が吹き、雨や霜も感じず、喜び苦しみ、あたかも私の心は悪魔に取り憑かれていたかのようだった」

「夜、北風が私の小屋を揺り動かし、激しい雨が家の屋根を打った。家の窓から覗くと、船を波に精一杯進める青白い船舶のように、集合した雲に溝をつける月が見え、それは私の心にある生命の力が倍加するのを感じさせ、世界をも創造するような力をも得たと感じさせました。ああ、私がこの時感じた興奮を他者とも分かち合うことができたのなら！ああ、神様、あなたが私の望むような女性をくださったなら！私たちの最初の父にしてくださったように、私自身の腕から一人のエヴァを創造してくださったのなら！美しき神よ！私はあなたの前に跪き、あなたを私の腕で抱いて、私の残りの生をあなたに捧げようと、永遠なるものに願いたかったの」

「ああ！私は一人、この地で一人ぼっち！隠れた倦怠感が私の身体を蝕み始めました。私が子供の頃から感じていた人生の嫌悪感が、新しい力を以って蘇ってきたのです。ついに私の心は私の思索になんの糧も与えなくなり、深い苦悩以外からは自分自身の存在を知覚することができなくなりました」

「私はしばらくの間この患いと格闘しましたが、しかし無関心ゆえとそれを克服するための固い決心がなかったので、無駄でした。ついに、私の心のこのどこにもないようで至る所にあるような奇妙な傷を癒す手立てがわからなかったので、この世を去ろうと決意しました」

「私の言葉を聞き給ういと高き神の司祭よ、天がその人の理性の殆どを奪い去ってしまった不幸をお許しください。私は信仰心でいっぱいでしたが、不信心に理性を働かせました。心は神を愛していましたが、私の精神は神を認めませんでした。私の行い、私の言葉、私の気持ち、私の考え、こういったものは自家撞着に陥っていて、不鮮明な戯言でした。しかし人というのは、いつも己の欲することに通暁していて、何を考えているのかもはっきりしているものなのでしょうか」

「全てが一度に私から逃げ去って行きました。友情も、世間も、隠れ家も。あらゆることを行いましたが、全ては私にとって致命的なものでした。社会からは追われ、アメリーからも捨てられて、ついには孤独からも捨てられた時、果たして私に何が残ったというのでしょう？孤独は私が捕まろうとした最後の板切れでしたが、それも深淵へと沈み込んでいくものでした」

「人生の重荷を振り捨てようと決心すると、私はこの狂気とも言える行為に全神経を傾けることとしました。何も急ぐことはなく、いつこの世から旅立つかははっきりとは決めませんでした。最後の時をじっくりと味わい、ある古人の例にならって私の魂の飛び立っていくために全神経を集中させました」

「しかし、その際自分の財産に関する処理をするのが必要だと思ったので、アメリーに手紙を書かざるを得ませんでした。手紙では彼女を忘れていたことに関する幾つかの不満が書かれていて、次第に私の心には同情の念が湧いてきました。胸の奥の思いを私は漏らさないでいたつもりでしたが、私の姉は私の心の奥を読むのに慣れていたので、それを難なく洞察しました。手紙における私の差し迫る思いと今まで話題にしたことがない考えに囚われているのを彼女は見て不安を覚えました。私に返答する代わりに、事前に知らせることなしに突然私のところに訪れてきました」

「私の苦痛のどんなに酷かったか、そしてその時にアメリーと再会した時の私の喜びはどんなに強かったかを感じるには、その人が私がこの世で愛していたただ一人の人であったということ、私の少年期からの彼女との楽しい思い出と共に私の気持ちが湧き上がってきたことを考える必要があります。私は恍惚をもってアメリーを迎え入れました。私のことを理解し、それ以上に自分の心の内を打ち明けられる人に随分と長い間会っていなかったのです」

アメリーは私の腕の中に身を投げて言いました。「恩知らずめ、お前の姉は生きているのに死にたがっているなんて!お前は自分の姉の心を疑っているの?説明する必要もないし、弁明する必要もないわ。私にはわかっている。私はずっとお前と一緒にいたように全てを知っているのよ。お前を生まれてからずっと見て理解してきた私を欺こうというのかい?それがお前の不幸な性質で、お前の嫌なところで不当なところだわ。誓いなさい、私の胸でお前を抱いている今誓いなさい、こんな馬鹿げたことをしようなどというのはこれが最後だと。決してお前の命を絶とうなどとは考えないことを誓いなさい」

「こういった言葉を言いながらアメリーは、私を同情と優しさの念で見て、私の額をしきりに接吻するのでした。それは母と思うほどで、むしろそれ以上の優しさがありました。ああ！　私の心はあらゆる心に向けて再び開き始めました。子供のように慰撫されることしか求めませんでした。アメリーの力に私は屈服しました。彼女は厳かな誓いを私に強いたら、私はそれを躊躇せずに行い、この後不幸な思いをしようとは夢にも思いませんでした」

「私たちは一ヶ月以上、一緒に楽しく暮らしました。朝、一人になって自分の心の声を聞くと、喜びと幸福で身が震えていました。アメリーには先天的にどこか神々しいところがありました。彼女の心は肉体同様に、無垢な美しさがありました。彼女の抱く喜びは無限大でした。心地よさとどこか夢見るようなところが彼女の性分にありました。彼女の心と考えと、そしてその声は、息を合わせて息を吐いているのだと人は思うでしょう。彼女は女性という性から内気さと愛情、天使からは純潔と音楽性を引き出しました」

私は今までの無分別を償う時が来ました。錯乱のあまり、私は現実の不幸を噛み締めるために不幸を自分から味わおうとしたのです。神はその思い上がりをお怒りになり、たっぷりと私の願いを聞き届けてくださりました」

「老人方、私は今からなんということを暴露するのでしょうか。私の眼から流れる涙を見てください。私はこのことを……。数日前ならば、決してこの秘密を漏らしはしなかったでしょう。だが今は、全てが終わってしまったのです！」

「しかしご老人方、この身の上話は、未来永劫に沈黙に沈めてくださるように。その話は荒野の木陰でしか語られなかったことを思い出してください」

「冬が終わりになる頃、アメリーが平穏と健康を失い始めていることに気づきました。彼女は痩せ、眼が窪み、足取りは気だるそうで、声は乱れていました。ある日、私は彼女が十字架の下で涙ぐんでいるのを不意に見つけました。世間も孤独も、私のいることもいないことも、夜も昼も、全てが彼女を不安にしていたのでした。思わず彼女の唇からため息が漏れることもありました。長い間歩いても疲労を感じないこともあれば、足を引きずってかろうじて進むこともありました。仕事に取り掛かってはすぐに辞めることもあり、本を開いても一ページも読まずに閉じることもありました。何かを言おうとしては最後まで言わずに口をつぐみ、突然涙ぐんでは、引きこもって祈ったりもしました」

「私はその原因を探ろうとしましたが、無駄でした。私の腕に抱いて尋ねても微笑みながら、私はあなたと同じよ、いったいなんなのか自分でもわからない、という具合に答えるだけでした」

「このような具合で三ヶ月が経ちましたが、一日ごとに彼女の様子は悪化して行きました。ある秘密の文通が彼女の涙の原因だと思いました。なぜなら、彼女は時には落ち着いたり、時には興奮したりしているように見えましたから。ついにある朝、いつもは一緒に朝食を取るのにその時間が過ぎても来なかったので、彼女の部屋へと私は上がりました。私はドアを叩いたのですが、何も応答がありませんでした。そこでドアを少し開けたのですが、部屋には誰もいませんでした。暖炉の上に私に当てた包みらしきものが見当たりました。私はそれを開け手紙を見つけました。その手紙は私に今後も抱くはずの喜びを抱かせないことを目的としていて、次のようにしたためてありました」

ルネへ

弟よ、天に誓い、私はあなたの苦悩を取り除くために千回でも自分の命を投げ出しましょう。しかし不幸な身であるゆえ、私はあなたの幸福のためには何もできません。罪人のようにあなたの住処からこっそりと逃げ出すことをお許しください。私はあなたの頼みを拒絶することはできませんが、私は発たなければならないのです。神様、どうか私を憐れんでください。

あなたは知っているでしょう、ルネ、私は常に修道院生活に心惹かれていたことを。今こそが、天の通告に従う時なのです。なぜ今までしなかったのでしょうか！神様は私を罰することでしょう。私は俗世であなたと一緒にいました。お許しください。私はあなたのもとを去らなければならない悲しみに動揺が収まらないのです。

愛する弟よ、今こそあなたがたびたび反対した隠遁所へと行かなければならないのです。私たちを人々から永遠に離してしまう不幸があります。しかし哀れで不幸なものは一体どうなるのでしょう。弟のあなた自身も、宗教の隠れ家へと身を潜めれば、幸福を見出すことを私は確信しています。この地上はあなたに相応しいものは何一つ与えません。

私はあなたの誓いを思い起こさせようとはしません。私はあなたの言葉の誠実さを知っています。あなたは以前誓いました、私のために生きると。自殺することを四六時中考えることほど世に悲惨なことはありましょうか。あなたのような性分の持ち主は、死のうと思えばいつでも死ねるでしょう。姉のことを信じてください、死ぬことよりも生きることの方が難しいのです。

しかし弟よ、あなたにとって決して良くないその隠れ家からすぐに出てしまいなさい。何か仕事を見つけるといいでしょう。フランス語の「職につく」という言葉に皆必要に従うことを、あなたは苦々しく笑うことでしょう。私たちの祖先の経験と叡智をしかし誤解してはなりません。愛しいルネよ、一般的な人々と一緒になり、もう少し不幸を減らした方がより良いと思います。

おそらく結婚すれば、あなたの憂鬱さは軽減されるのではないでしょうか。ある一人の女性と、数人の子供があなたの日々を占領することでしょう。そしてあなたを幸福にしようとしない女性などいるものですか。あなたの心の熱烈さ、天分の美しさ、高貴で情熱的な雰囲気、自信に満ちて柔和な眼差し、それらが女性の愛情と忠実さを確実に惹きつけることでしょう。本当に、どのような喜びでその人はあなたをその腕と胸に抱くことでしょう。その眼もその考えも全て、あなたへと注がれ、それがあなたのどんな小さな苦しみも和らげようとすることでしょう。彼女はあなたの前では愛と無垢の化身ともなるでしょう。あなたはきっと姉を再び見つけることでしょう。

私は○○という修道院へと行きます。これは海の辺りに建てられたもので、私の今の心の状態にちょうどいいものです。夜は部屋の奥にいる時も、修道院の壁を洗う波のざわめきを聞くことでしょう。その時、昔あなたと一緒に森の中を歩き、そこで聞いた松の梢のざわめきが海の音だと思ってしまった時のことを思い出します。私の幼い頃の愛しい友達、私はもうあなたに会わないのでしょうか？少しだけあなたより年上の私は、あなたを揺籠に入れてこれを揺したり、一緒に寝たこともあります。ああ、いつか同じ墓で一緒に永遠に眠れたらいいのに。しかしダメです、私は恋ということを知らずに永遠の休息についた乙女たちが集まるこの聖域の冷たい大理石の下で、孤独に寝なければならないのです。

この涙によって半ばかき消された文をあなたが読むかどうかはわかりません。しかし結局、遅かれ早かれ、私たちは別れる運命にあったのではないでしょうか？あなたに人生の不確かさや無価値さについて話す必要なぞあるのでしょうか。あなたはイル・ド・フランスで遭難した若いM……を覚えているでしょう。あなたが彼の死後数ヶ月で彼の最後の手紙を受け取りましたが、すでに彼の亡骸はこの地上に消え去り、あなたがヨーロッパで彼の喪に服すとき、すでにインドではそれも終わっていたのです。こんなに早く記憶からなくなってしまう人間というものは一体何なのでしょう。その人間の片方の友達が当人の死をやっと知った時、もう片方の友達は既に慰め終わった時です。愛しい愛しいルネよ、私の姿もお前の心からこれほど早く消え去るのでしょうか?弟よ、たとえその時にあなたと離れ離れになったとしても、永劫の時においてあなたとはずっと一緒です。

アメリー

追伸
この手紙に財産の贈与証書を添付します。あなたはきっと私のこの愛情の印を拒みはしないことでしょう。

「たとえ雷が私の足元に落ちたとしても、この手紙ほどの衝撃は与えなかったことでしょう。アメリーはどんな秘密を私に隠していたのでしょうか?なぜにこれほど突然として修道院生活に入ろうとしたのでしょうか。彼女の愛情の魅惑によって私の生を取り戻させたのは、こんな風にいきなり私を見捨てるためだったのでしょうか。なぜに彼女は私の自殺の計画を思いとどまらせたのでしょうか。憐憫の念が彼女を私の側へと戻らせたのですが、そのための労力が重荷となり、自分以外を頼りとする者のいない不幸な弟をすぐに捨て去ったのです。一人の人間を死から救ってやったのなら、それでことは十分だということでしょうか。このように私は嘆きました。そして私自身が反芻し、『恩知らずなアメリー、もし姉さんが私のようであったなら、私のように日々の空虚さでどうしようもない状態になったのなら、姉さんは決して弟のことを見捨てなかっただろうに！』と私は言いました」

「しかしその手紙をもう一度読み返してみると、そこには何かはわかりませんが極めて悲しくて優しいものが見出せて、先ほど私の心の不満がすっかり溶けてしまいました。突然私にあるアイデアが閃いて、ある種の希望が胸に兆しました。アメリーはある男に恋をしていて、それを彼女は告白したくないのではないか、ということです。この疑いが彼女の物憂げな態度や、秘密の文通や先ほどの手紙に息潜む情念を裏付けます。私はすぐに彼女に自分の心を打ち明けてほしい、と手紙を認めました」

「彼女はすぐに返事をよこしはしたものの、しかしその秘密を私に打ち明けはしませんでした。ただ彼女は修行期間を終え、これから誓願の式を行うとばかり書いてありました」

「アメリーの頑固さと、謎めいた言葉と私の愛情を少しも信じていないことには憤慨を覚えました」

「私がしばらく取るべき選択について迷った後、B……のところへと赴いて私の姉の行動を変えようとする最後の努力をしました。私が生まれ育った故郷は、彼のもとへといく途中にありました。私の人生で唯一幸福に過ごした森を見ると、涙を堪えることができず、その森に最後の別れを告げる誘惑に抗うことはとてもできませんでした」

「私の兄は父から相続した家をすでに売却していましたが、新しい持主はそこに住んではいませんでした。長い樅もみの並木道を通って、荒れ果てた中庭を歩いて行きました。時折立ち止まっては、閉まったり壊れたりしている窓や、アザミが壁の下に生えていたり、葉っぱが入り口の玄関に散在しているのや、昔は父やその忠実な従僕がいたのに今はただ侘しい階段があるばかりなのを見たりしました。階段はすでに苔によって覆われていました。離れてはぐらぐら揺れる石の間に黄色いウォールクロックが生えていました。見知らぬ門番がぶっきらぼうにドアを開けてくれました。私は敷居を跨ぐのを躊躇しました。するとその男は大声で言いました。『ああ、お前も数日前にきた余所者と同じようなことをするのかい?彼女が跨ごうとすると気を失って、しょうがないので馬車に連れ戻したんだよ』。その涙と思い出を求めてここにやってきた『余所者』というのが果たして誰であるか、ということは私にとってとても容易い謎であったのです」

「ハンカチでしばらく目を当ててから、先祖の住んでいた屋根の下へと私はやってきました。私の足音だけが鳴り渡るいくつもの部屋を歩き回りました。部屋は閉め切った雨戸に差し込む淡い光によって僅かに明るくありました。私がこの世に生を受けると同時に亡くなった時の母の部屋、私の父が隠居していた部屋、私が揺籠で寝ていた時の部屋も訪れ、そして姉の胸元で変わらぬ愛情を誓った部屋を訪れ回りました。どの部屋もがらんとしていて、使われなくなった床に蜘蛛が巣を紡いでいました。私はすぐにこの場所を去り、できる限り大股で離れ、振り返るようなことも敢えてしませんでした。兄弟たちと姉妹たちが若かりし日々を過ごし、年老いた両親のもとに集うのはなんと甘く、なんと早く過ぎ去ってしまう日々なのでしょう！人間の家庭は一日しか続かないものです。神の息は、それを煙のように消散させてしまうのです。息子が父のことを、父が息子を、弟が姉を、姉が弟を知るいなや消散してしまうのです！樫の木は己の房を周りに芽生えさせるのを見るものですが、人間の子はそうはいかないのです」

「B……に着くと、私は修道院へと案内してもらい、姉と私が話せるように頼みました。すると姉からは誰にも会わないことにしている、と返ってきました。なので私は手紙を書きましたが、彼女は神へと献身する身ゆえに俗世を連想させるようなことは避けている、もし私が姉を愛しているのなら苦しめるようなことをするのはやめてくれ、とのことでした。更に彼女は『もし誓願の式にあなたが祭壇において参列してくださるというのなら、父として振る舞いなさい。その振る舞いがあなたの勇気に相応しく、私たちの愛情にかない私を憩わせる唯一のことなのですから』」

「私の燃えるような愛情とは対照的なこの冷たい頑固さは、暴力的とも言える興奮へと駆り立てました。私はすぐに帰ろうとしたり、その儀式を邪魔してやろうとするためだけにとどまろうともしました。悪魔的な考えがあまりに私を誘惑して、ついには修道院で自ら短剣を刺し、私から姉を奪い取る誓願の儀式に私の最期の呻き声を織り交ぜてやろうとすら思いました。修道院長が内陣で私用の席が用意できたということを伝えて、翌日行われる儀式に招待してくれました」

「夜明けに、鐘の鳴る最初の音が聞こえてきました。朝十時、苦しみの中で、私は僧院の方へと体を引きずるようにして行きました。このような光景に参列する時ほど悲劇的なものはなく、それを見てもなお生き長らえるほど苦しいものはありませんでした」

「夥しい群衆が修道院へと入り込んできました。私は内陣の席へと案内されましたが、私が今どこにいるのか、自分が何をしようとするのか殆どわからぬまま跪きました。すでに司祭は祭壇の上にいました。突然神秘的な格子戸が開いて、アメリーがこの世のあらゆる豪勢な身繕いをしてそこから進んできました。彼女はとても美しく、彼女の表情にはどこか神々しいところがあり、見るもの一同の驚きと称賛を掻き立てました。聖人の苦悩の栄光や宗教の偉大さに打ちのめされ、私の計画として抱いていた暴力的なものは全て消え失せました。私の力はなくなり、全能の者の手に私が繋がれているのを感じ、そして冒涜や脅迫の代わりに私の心には、深い尊敬の念と恭順者としての嘆きが感じられるばかりでした」

「アメリーは天蓋の下に場所を取りました。儀式は松明の光によって照らされて、花とその香りが漂う中で行われました。それによりその燔祭は心地よいものとなりました。聖餐捧献では、司祭はその美しい礼服を脱いで亜麻製の司祭服だけをつけて講壇の上に立って、素朴ながらも感動的な説教をして、主に身を捧げる処女や童貞としての喜びを述べました。彼が『彼女は火の中に燃える香のように思われた』と述べた時、大きな静寂と天上の香りが聴衆に広がるように思えました。あたかも自分たちが神秘的な鳩の翼によって匿われているように思え、天使が祭壇に降りてその芳香と冠を纏って再び天へと昇っていくのを見た気がしました」

「司祭は説教を終えて、脱いだ服を再び着て燔祭を続けました。アメリーは二人の若い修道女に助けられて、祭壇の一番下の段で跪きました。この時、私は父としての役目を果たすために呼ばれました。内陣で私のよろめく足音を聞いたアメリーは、今にも気絶しそうになりました。私は彼女に鋏はさみを渡す役として、司祭の側につきました。この時、再び私の興奮が湧いてくる気がして激情が爆発しそうになりましたが、アメリーが勇気を振り絞って私を見てその眼差しに非難と苦悩の色が見て取れると、それもおさまりました。宗教が勝ったのです。姉は私の苦しみを利用して、敢然と頭を差し向けました。その美しい髪の毛は聖なる鉄の鋏によってばらばらに床に落ちました。現代の俗世の服は漉し布の長いローブへと変わりはしましたが、受ける感動は決して変わりませんでした。彼女の額の物憂げさは、白亜製の鉢巻に隠され、処女と宗教の両方を象徴する神秘的なヴェールが髪の毛が切られた頭と一緒になりました。彼女がこれほど美しく見えたことはありませんでした。悔悛者の目は世間の埃にむけていて、彼女の心は天にあったのです」

「しかし、アメリーはまだ誓いを立ててなかったので、俗世から罷るためにも墓を通らねばなりませんでした。姉は大理石に身を横たえ、黒い布が彼女に広げ被せられ、四つの松明四つの隅に掲げられました。司祭が首にストールをかけて、手に本を持って、死者への歌をはじめました。そして若い童貞たちがそれに続いて歌いました。宗教の歓喜よ、汝は偉大であるが、なんと恐ろしいことか！この死を象徴するような式のすぐ側で、私は跪くよう強いられていたのです。突然墓を包むヴェールからはっきりとはわからぬささやきが聞こえてきました。私は耳を傾けて、聞こえてきたそのおそろしい言葉は（それは私にしか聞き取れませんでしたが）私の耳を強く打ったのです。『慈悲深い神様、この死の眠りから決して私を覚ましてくださるな。罪深い私の恋を受けなかった弟に祝福で一杯にしてください！』」

「これらの言葉が柩から漏れてきて、恐ろしい真実が明らかになったのでした。私の理性は完全に錯乱しました。死装束の上に私は身を投げ、姉を私の腕に抱いたのです。私は叫びました。『イエス・キリストの貞節な花嫁よ、すでにあなたとあなたの弟を隔てた氷のような死と永劫の深淵さを超えて、私の最後の接吻を受けてください！』」

「この動作、この叫び声、両目からの涙が、儀式を妨げました。司祭が遮り、修道女たちは格子を降ろして、聴衆は騒いで祭壇の方へと押し寄せたのです。私は気を失ったまま運び出されました。私は自分に目を開けさせ光を仰がせた人物にどれほど恨みを抱いたことでしょう！目を開いたとき私は、式はすでに終わり姉がひどい熱に冒されていることを知りました。彼女は私に二度と会いに来ないでくれと頼んだみたいです。私の生の悲惨さよ！姉が弟に声をかけるのを恐れ、弟が姉に自分の声を聞かせるのを恐れるなんて！天上での生への支度のために炎が我々を焼き、そして人が地獄にいるように希望以外の全てを失う償いの場所とも言えるこの僧院から、私は出て行きました」

「人は一人の不幸な人間に対抗するための力なら己が内に見出せましょうが、知らず知らずのうちに他人の不幸の原因になるというのは全く我慢がならないものです。私の姉の被った禍を目の当たりにして、彼女がどういう苦しみに耐えなければ、と私は思い描くのでした。すると私が今まで理解できなかったことが、次第にわかるようになってきたのです。私が旅立つ時に見せたアメリーのあの喜びと悲しみが折混ざった様子や、私が戻ってきた時に私を避けようとした彼女の念いりの行動、修道院へと入るのをあれほど遅らせた心の弱さ、疑いもなくあの不幸な娘は癒えるだろうとは思っていたのでした！隠遁生活への企てと、修行期間の免除と、私のために財産を譲ろうという手筈、これらが私を欺いた秘密の文通の内容なのでした」

「友人たち！その時こそ空想ではない現実の不幸に対して涙を流すというのが具体的にどういうことかを知ったのです。私の長い間定まらなかった情念は、猛然とこの最初の獲物に食いかかったのです。私は悲しみでいっぱいながらそこにある種の思いがけぬ満足を感じ、苦悩というのは快楽のように汲み尽くすことのできる感情などではないことを知り、それに密かに喜んだくらいでした」

「私は全能なる者が命令する前にこの世を去ろうと思っていましたが、それは大きな罪でした。全能者はアメリーを私によこして、私を救うと同時に私を罰しました。そして罪のある考えや犯罪的な行動全てには、混乱と不幸がついてくるものです。アメリーは私に生きることを願い、私も彼女の不幸をこれ以上増大させないようにしました。しかも（奇妙なことですが！）実際に不幸になったら、逆に死のうとは思わなくなりました。私の悲しみは常についてまわる一つの職務となりました。それほど私の心は、生まれつき憂鬱さと惨めさによって固まっていたのです」

「そこで私は不意にもう一つの決心を固めました。ヨーロッパを去り、アメリカへと赴くことです」

「ちょうどこの時B……港では、ルイジアナ行きの船が出ていました。私はその船の船長と契約し、アメリーにこのことを知らせ、私の出発の準備をはじめました」

「姉は死の門を潜ろうとしていました。しかし神が処女としての最上の冠を授けようとしていたので、彼女をそんなにも早く自分のもとに招こうとはせずに、この世での試練の期間を延長なさりました。第二の辛い人生路へと十字架を背負いながら赴く彼女は、苦悩に立ち向かうため雄々しく進み、その戦いの中で勝利だけに、そして極度な苦しみの中で極度な栄光だけに目を向けました」

「私に残っていた財産のわずかを売却したり、兄に譲ったりして、船の準備に時間がかかったり、いつまでも逆風が吹いたりして、私は長い間港に留まりました。毎朝アメリーの様子を聞きに行っては、感嘆と涙を抱かせる話をいつも持って帰ってきました」

「私は海の岸にある修道院の周りを絶えず歩き回りました。時折、荒涼の岸辺に開けた格子付きの小さな窓で、考えこんだ様子で座っている修道者を見つけました。その人は地の最果てに帆を向ける何かの船舶が浮かぶ海洋を夢見ていたのでした。しばしば皓々とした月の下で、同じ修道女が同じ窓の格子にいて、夜の星々によって照らされる海を観想して、寂寥とした砂浜に哀しげに打ち寄せる波の音に耳を澄ませている様子も見ました」

「私は今でも夜中に修道女たちに目覚めと祈祷を告げる鐘の音を聞くような気がします。鐘が緩やかに鳴り渡り、処女の修道女たちが粛々と全能の神の祭壇へと歩んでいくとき、私は修道院へと駆けるのです。一人壁の下で佇んで、聖なる恍惚に浸かりながら、修道院の丸天井の下で波の微かなざわめきと混じって聞こえてくる讃美歌の最後の音に耳を傾けます」

「なぜにこういった本来なら私の傷の痛みをより鋭くするはずのものが、逆に鈍くしたのかはわかりません。岩山の上に立ったり吹いている風の中にいても、私の流す涙は以前のような苦さはありません。私の悲しみでさえも、元々異常な性質だったゆえか、その悲しみには一種の慰みが伴っているのでした。人は世にも奇妙なことなら、例えばそれが不幸だとしてもそれを好むものです。私の姉も私同様に、悲惨さは和らぐのではないかという殆ど希望めいた結論に至りました」

「私が出発する前に彼女から受け取った手紙はそれを裏付けるものと思えました。アメリーは私の苦しみに優しく同情してくれて、自分の苦しみも時の経過で収まっていくと私に断言してくれました」

私は自分の幸福を諦めたわけではありません（と彼女は言いました）。燔祭の儀式が終わり、極度な犠牲を私が捧げて今でもある種の平穏を私にもたらしてくれます。私と一緒にする方たちの素朴さ、彼らの祈りの純粋さ、生活様式の規則正しさ、それらは全ての私の修道院の生活の慰めにもなります。嵐が唸るのを聴いたり、海鳥が私の部屋の窓を翼で叩いたりしても、哀れな天の鳩である私は、嵐に対して避難所を見つけられたその幸福のことを思います。聖なる山とはここのことで、その高い頂では地の最後の騒音と天の最初の合奏音が聞こえてくるのです。ここでは宗教が感受性のある心をまぎらわせるのです。最も激しい情熱に対してもそれに代わる愛と処女性が融合した燃えるような貞淑さをもたらします。それは嘆きのため息を清め、儚く消えていく炎を決して汚れることのない炎へと転化します。それはまだ残っている騒乱や憩いや隠居を求める者の心が堕落してしまうのを、その平穏さと無垢さを神聖に注ぐことによって妨げるものです」

「私は天が私にあてがうものは知らず、私の行くところに常に嵐がつきまとうことを報せようとしたのかもわかりません。船舶の出発命令が出されました。すでに船舶のうちの何隻かは日の沈む頃に出発しました。私はアメリーに別れを告げる手紙を認めるために、この最後の夜をこの地で過ごしたのです。深夜、手紙を書きながら流れてくる涙でその紙を濡らして、その最中に凪が私の耳に鳴っていました。そして嵐の只中で、修道院の弔鐘と混ざり警報音が鳴るのを聞きました。完全に寂寞としていて波のざわめきしか聞こえない渚へと私は飛び出しました。岩の上に私は座りました。片側では闇に煌めく波が広がり、もう片側には修道院の黒い壁が天へと朧げながら聳えていました。ほのかな光が格子のついた窓から放たれていました。あれは君なんだ、アメリー！十字架の下にひれ伏して、自分の弟を不幸から救い給うことを嵐の神に祈っていたの？波の上で渦巻く嵐、そしてあなたの隠居の場所の平穏。何ものからも守られた避難所の下で、座礁の上で打ち砕かれる人々、密室の壁の彼方の無限なもの、ゆらめく船燈と微動だにせぬ修道院の灯台。船乗りたちの不確かな運命に、たった一日で人生の将来の全ての日々を知る聖女、また他方では、アメリーよ、あなたのように大海のように騒擾する魂、船の難破よりももっと恐ろしい難破、こういった光景は全て私の脳裏にとても強く深くいまだに刻まれているのです。今私の流すこの涙の証人である来る新天地よ、ルネの声が谺こだまするアメリカの海岸よ、この船首の部屋でもたれかかっているこの恐ろしい夜の翌日から、私は永遠に我が祖国から離れてしまうのだ！長いこと岸辺で揺れ動く木々や水平線の彼方へと消えゆく修道院の屋根の方を見やっていました」

ルネがこのように身の上話を終えると、自分の胸もとから紙を取り出して神父スーエルへと手渡しました。その後はシャクタスの腕へと身を投げ、啜り泣きを抑えながら、今しがた神父に渡した手紙を彼に読み終えさせた。

それは……の修道院の長からの書かれたものであった。慈悲深い姉のアメリーの最期について綴ったものであり、伝染病を患った同僚を看護する熱心さと慈悲の犠牲に彼女はなったというのだ。彼女の死は修道院にいる全員を動揺させ、彼女を聖なる者として看做されるようになったのだ。それに加え修道院の長は、自分が修道院の長になってからの過去三十年間、これほど柔和さで変わらぬ気持ちを抱き続け、俗世からあれほど満足して去った女性を見たことがないと述べた。

シャクタスはルネを腕に抱いた。この老人は泣いていた。

「我が子よ、（と彼は息子に言った）オーブリー神父がここにいたらと思うよ。あの人は心の奥から平和なるものを引き出し、それは嵐を鎮めるものであるが、それと同時に嵐のようなものでもあるのだ。それは吹き荒れる夜で輝く月なのだ。漂う雲も己が道連れとしてそれを連れていくこと叶わない。純粋で不変であり、それは雲の上を静かに進んでいくのだ。ああ！私といえば、全てが私を惑わし、引きずっていくのだ！」

この時までスーエル神父は一言も発さず、険しい顔でルネの身の上話に耳を傾けていた。彼は心中密かな同情の念を抱いていたが、外見上は非常に厳しい様子をしていた。セイシェムの感情的な態度を見て、彼は沈黙を破ったのであった。

「何もないのだ（と彼はアメリーの弟に述べた）、お前のその身の上話で憐憫の情を示さなければならない要素など何もないのだ。私はただ空想で頭が錯乱した若い男を見るだけであって、そいつは何に対しても不快を感じ、無益な夢想に耽るために社会の責務から逃れてきた奴に過ぎないのだ。世の中を恨みつらみの目で見るからといって、他の人間よりも優れているというわけではないのだ。遠くを見る目が欠けているから人や人生を嫌うのだ。もう少しお前は視野を広げるのだ。そうすればお前が嘆いている全ての悪は刹那的なものに過ぎないことをやがて理解してくれるだろう。しかしお前の生涯における唯一の不幸を赤面せずには考えることができないとは、なんという恥ずかしいことだ。お前の聖女である姉の全くの純潔さ、全くの有徳さ、信仰に溢れ栄冠を被るのに相応しいからこそお前の悲しみもなんとか耐えられるものとなるのだ。お前の姉は過ちを贖ったのだ。しかし、ここで私の考えを述べなければならないのだが、それは墓の奥からでたその告白が、恐るべき裁きとして今度はお前の心を乱しはしないかと私は恐れているのだ。お前は今一人で森の奥で日々を浪費していて、己の責務を放棄している訳なのだが、一体お前は何をしているのだ？お前は私に言う、聖なる者たちは荒野の中でその身を埋めている、と。彼らはそこで涙を流しながら、自我を滅却しようと努めているのだが、その間にお前は逆に自我を点火させているではないか。自分一人でやっていけると考える思い上がった若者よ、孤独というものは神とともに生きない人にとっては災いなのだ。それは心の情熱を増大させ、同時にそのために用いなければならないものを全て取り除かせてしまうのだ。力を授かったものは、同胞のためにその力を使わなければならないのだ。それを不用なものとしておくのならば、密かな不幸をその身にまず被り、遅かれ早かれ天はその者に恐るべき罰を与えるのだ」

神父の言葉に動揺したルネは、屈辱を受けた頭をシャクタスの胸元から持ち上げた。盲人のセイシェムは微笑んだが、それは口だけで目は笑っていなかった。彼の様子にはどこか神秘的で天上的なものが見られた。

「息子よ、（とかつてはアタラの恋人であったこの老人は述べた）この方は厳しいことを話してくださる。彼は老人をも若者をも叱ってくださる。そしてそれは理にかなっているのだ。そうだ、お前が今過ごしている動揺だらけの生活をやめなければならない。幸福というものは世間一般の道にしか見当たらないものだ」

「かつてメシャスベ河がまだその源流の近くにあった時、その河は自分が澄んだ小川に過ぎないのにうんざりしていた。彼は山に雲を求め、急流に水を求め、嵐に雨を求め、河から水が溢れ出て、美しい森を荒らしてしまった。傲慢な河は、初めはその力を自画自賛した。しかし、河に沿う周りの景色が全て荒涼になったのを見て、自分は孤独な身となって流れ続け、自分の水がいつも濁っているため、彼は自然が掘ってくれたあのささやかな河床、かつての穏やかに流れていた時のお伴だった鳥たちや花々、木々や小川が今はもうないのを残念がったのだ」

シャクタスは語るのをやめ、遠くからフラミンゴの声が聞こえてきた。その声は、メシャスベ河の葦から聞こえてくるのだが、正午に嵐が来るのを告げているものだった。三人は小屋へと帰ることにした。ルネは、神に祈る宣教師と道を手探るセイシェムの間に立って歩いていった。人の話すところによると、その後ルネは二人の老人に押し付けられるように勧められて妻の元へと帰ったが、そこには何ら幸福を見出さなかったということである。それからしばらくしてルイジアナでのフランス人とナチェズ人の虐殺において、シャクタスと神父スーエルと共に命を落としたのであった。いまだに、太陽が沈む時にルネが行き、腰掛けた岩が残っている。

【注】

1 Le Labrador：カナダ北東部に位置する半島。二〇二一年三月現在、大部分がフランス語圏のケベック州に属している。日本ではラブラドール・レトリーバーの名前の由来で著名。

2 Le Fleuve Saint-Laurent：英語ではセントローレンス河（St. Lawrence River）と呼称される。五大湖の一つであるオンタリオ湖からケベック市を通り大西洋に注ぐ。

3 Le Bourbon：現在のネルソン河（Nelson River）。現在のカナダ・マニトバ州を通ってハドソン湾へと注ぐ。

4 Le Meschacebé：現在のミシシッピ河を指す。

5 Biloxi：現在のミシシッピ州のビロクシに同じ。一七二〇年には仏領ルイジアナの首都にもなっており、ヌーヴェル・フランス植民地の中で重要な地位を有していた街。

6 La Nouvelle-Orléans：現在のアメリカ合衆国ルイジアナ州のニューオーリンズ（New Orleans）だが、フランス語では元来ヌーヴェル・オルレアンであった。

7 Natchez：ミシシッピ（メシャスベ）河下流域に居住していたインディアンの部族。一六八二年以降フランス人を中心とした西欧人の探訪により彼らと交流したが、一七一六年にナチェズ族の住む土地にフランスが入植地を築いたことにより関係が悪化し、彼らとの間で戦争となった。ナチェズ族は土地を追われ、オクラホマ州のインディアン保留地等に送られた。

8 Jean Baptiste Racine (1639-1699)：フランス古典主義を代表する悲劇作家であり、悲劇『アンドロマック』や『フェードル』が著名である。

【注】

9 Jacques-Bénigne Bossuet (1627-1704)：フランスのカトリック司教であり神学者。主著に著書に『哲学入門』と『世界史叙説』がある。フランス教会の独立を企図するガリア論争や、ルイ十四世に仕え、『世界史叙説』王権神授説を提唱したことで重要である。

10 それぞれ現在のギリシア語の発音では、「アンディゴニ（Antigoni）」、「イディプス（Idipous）」、「キタロン（Kitharon）」の如く発音される。

11 Ossian：スコットランドの伝説の英雄詩人。十八世紀の作家マクファーソンによる諸作品の語り部として知られている。

12 Morven：スコットランド北部、ケイスネス郡にある山。

13 Fénelon (1651-1715)：フランスの神学者・作家であり、ボシュエの論敵。彼の代表作は古典への深い造詣と想像力が特徴である小説『テレマック』でルイ十四世を批判する政治思想を展開した。また熱心な天主教徒であり、後代詩人のシャトーブリアンに多大な影響を与えた。

14 Sachems：Sagamore とも。北米の先住民の首長、或いは族長の意。

15 Les Manitous：主に北米のアルゴギン族でいう霊や超自然的存在。

16 La baie de Pensacola：現在のアメリカ合衆国フロリダ州北西端に位置する、メキシコ湾につながる湾。ペンサコーラという名前は西欧人到来の前に当地に居住していたペンサコーラ族の名称に由来すると考えられており、また同名の都市も存在する。このペンサコーラ市は現米国で最初に西欧人の入植地が創設された場所であるが、一度は放棄されている。十七世紀後半にフランスによるルイジアナの探検を脅威と捉えたスペインが、この地に入植地を再建したことが近現代の街の基礎となった。

17 Muscogulges：シャトーブリアンの記した本文の中でも表記の揺れが存在するが、フランス語の発音ではミュスコギュルジュやミュスコギュルジに近いものである。本翻訳では、作中におけるセミノール族やクリーク族との関係より、表記の揺れも含めて全てマスコギ族に統一した。マスコギ族はアメリカ南東部の先住するクリーク族の自称であり、英語では Muscogee や Muskogee と表記されるが、本人たちによる綴りに Mvskoke も存在する。フロリダにマスコギ国という共和制国家の建設などが定義された時期もあった。

18 Areskoui：Airesekoui とも。北アメリカの先住民族であるワイアンドット族の霊的存在、或いは創造を司る神的存在。

19 Siminoles：英語で Seminole と記される。もともとはフロリダ州のインディアンであったが、周辺から集まった何部族かによって構成される集団であり、セミノール戦争で入植者である西欧人たちと戦った。

20 Apalachucla：英語で Apalachicola と記される。現在の米国フロリダ州に位置する街。同名の河川と湾も存在する。名称は先住民族のアパラチコーラ族に由来する。

21 Alachua：現在では米国フロリダ州北部に位置する群の名前。現在は郡内にフロリダ大学がある。

22 Cuscowilla：現在の米国フロリダ州アラチュア郡に位置する地名だと推測される。

23 La confédération des Creeks：クリークという呼称は米国南東部の先住民であり、諸部族の緩やかな連合であるマスコギ族の自称とされる。そしてクリーク族の中には同盟を組んで入植者たちとの

【注】

戦争に従軍した部族もいた。

24 Hermine：オコジョの純白の冬毛の毛皮であり、アーミンとも呼ばれる。

25 La rivière Chata-Uche：英語では Chattahoochee River と記されるが、フランス語での発音はシャタ・ユシュ河である。米国のジョージア州北部から発しアパラチコーラ側へと注ぐ。

26 Chichikoué：マラカスのような、振って音の鳴る楽器だと推測される。以下のサイトを参照されたい（https://earlyfloridalit.net/chateaubriand-atala/ 最終閲覧日二〇二一年二月二四日）。

27 Michabou：Michabo 等とも綴られる。北アメリカに居住するアルゴンキン諸語を母語とするアルゴンキアン族という先住民の神話に登場する巨大な野ウサギ。

28 Machimanitou：詳細は不明であるが、悪の神であると言及するいくつかの記述がある（http://dchp.ca/DCHP-1/Entries/view/Matchi%20Manitou 最終閲覧日二〇二一年二月二八日）。尚、カナダ・ケベック州には詳細な由来は不明であるがマチ・マニトゥ（Matchi-Manitou）という地名が存在する。

29 Atahënsic：イロコワ族の神話に登場する、創造神話に関わる空の女神であり、一般に女性の結婚や出産などの女性に関わる事柄に結び付けられる。

30 確かに様々なヴァージョンがあるが、天女たるアヘテンシクが双子の息子を産み、この善を性質とする息子の一人が母の顔から空と太陽を形作り、悪を性質とするもう一人の息子が母の乳房から月と星を取り出す、というイリコワ族の神話がある。そしてこの悪なる息子は誕生に際し母を殺し、そしてこの悪なる息子を善なる息子が殺す。本翻訳に登場するジュスケカ（Jouskeka）とタウィスツァロン（Tahouistsaron）の物語は善と悪の配役が逆であり、またこの二人の人物名の詳細が不明であるが、凡そこのようなイリコワ族の神話に影響を受けた記述であろうと考えられる。

31 Agar：ヘブライ語では הגר。アブラハムの妻サラの女奴隷であったが、アブラハムとの間に息子イシュマエルを設ける。その後サラの懇願の故にアブラハムの元から息子と共に追放される。

32 Bersabée：ヘブライ語では באר שבע。旧約聖書に頻繁に登場する地名であり、イスラエル十二氏族の住む土地の南端であった。

33 Occone：現在の米国ジョージア州の中央部北に位置する地名であり、現在郡になっている。

34 Les mont Alléghanys：英語では Allégheny Mountains 等と綴られる。米国とカナダの東部のアパラチア山脈北東部の一部をなす山脈。

35 Homère：ギリシア語では Omiros と書かれ、現在はオミロスのように発音される。叙事詩『イリアス』と『オディッシア』の作者として伝承される吟遊詩人。

36 Salomon：ヘブライ語では שלמה。主に旧約聖書の列王記に登場するイスラエル王国の王であり賢者。

37 L'hostie：天主教におけるミサで信徒たちが拝領するキリストの体としてのパンを指す。

38 Sem：ヘブライ語では שם。旧約聖書創世記に登場する人物で、ノアの長子であり、ヘブライ人を含むセム人たちの先祖だとされる。

39 ベタニアはギリシア語で Vithania で、ヴィタニアのように発音される。新約聖書のヨハネによる福音書ではマリアとマルタ、そしてキリストによって復活させられるラザロスが住んでいた土地だとされる。また他に同様の地名はヨルダン河東岸でも言及され、本翻訳の「聖ヨハネになろうとする人々に洗礼を施す河」というのはヨハネによる福音書で洗礼者ヨハネが人々にこの地で洗礼を授けていたことに由来しよう。

40 O vanité des vanité! : 旧約聖書コヘレトの言葉に散見される言葉。

41 Job : ヘブライ語で איוב。旧約聖書『ヨブ記』に登場する神への信仰に富んだ登場人物。神と悪魔の 計らいで人生の栄華とどん底を経験する。多くの忍耐と試練の中で神を呪いつつもその信仰を保ち貫いた。

42 後半二行は旧約聖書ヨブ記三章二十節に由来する。しかし、前半二行に関しては、ルーヴル美術館所蔵のアンヌ＝ルイ・ジロデ（Anne-Lous Girodet）の絵画「墓のアタラ」（Atala au tombeau）にまさにこの誦句が挿入されており、ルーヴル美術館でもシャトーブリアンを通したヨブ記の引用のように記されているが、実際ヨブ記において管見の限り該当箇所は見当たらず、ただヨブ記十四章二節に近しい主題を持った表現が見られるだけである。（https://www.louvre.fr/oeuvre-notices/atala-au-tombeau 最終閲覧日 二〇二一年二月二八日）

43 Agonnonsioni : アメリカ北部のオンタリオ湖南岸とカナダにかけて居住する複数のインディアン部族により構成される集団。彼らの自称は Haudenosaunee であるが、文献によっては Ganonsyoni 等の他の名称も見られ、本翻訳では Agonnonsioni がイロコワ族を指していると判断した。

44 Le Lac Erié : 英語では Lake Erie と表記され、イャリーのような発音で発音される。カナダとアメリカ合衆国に面する、五大湖のうちの一つの湖。

45 Chikassas : 本翻訳ではチカソー族（Chickasaw）に同定した。彼らの伝承では元来ミシシッピ河川西部に住んでいたようであるが、西欧人との接触の前にはミシシッピ河東部に移住したようであり、ナチェズ族とも地理的に近しい位置に居住していたと推測される。

46 Chéroquois：本翻訳ではチェロキー族（Cherokee）に同定した。西欧人の入植が始まった頃は北米大陸の東部から南東部にかけミシシッピ河流域に居住しており、後にチカマウガ戦争等土地を守るために主に英米の入植者たちと戦った。

47 le Fort de Rosalie：一七一六年にフランス人によって建てられた、現在もミシシッピ州ナチェズ国立歴史公園に存在する実在の要塞。

48 Selma：オシアンの宮殿の名称。

49 Fingal：モールヴェン王国の王。オシアンの戦友でもある。

50 Etna：イタリア南部、シチリア半島にある火山。ギリシア神話やローマ神話にも登場する。

エピロゴス

マテーシス：そういえば、ソクラテス、あなたは恋愛をしたことがあるのでしょうか？

ソクラテス：それはどういう意味かね？

マ：いや、今でこそあなたは結婚して歳も相応にとって落ち着いていますが、あなたにも血気盛んな若い頃があったはずです。それでその若い時には恋愛をしたのかなぁ、と思いまして。

ソ：ふーむ、そりゃあまあ、あると言えばあるさ。ギリシアといったら何せアガペーの国と言われているわけだからね。

マ：そうなんですね。どういう恋愛をしたのですか。やはりまた哲学的な恋愛と呼ぶべきものをしたのですか。

ソ：哲学的な恋愛かどうかはわからないがね、ともかく断片でも話そうとしようか。

以前アテナが治めている植民地で反乱が起きたことがあるのだが、その反乱の鎮圧部隊の兵士の一人として私は派遣されたんだ。そして当然反乱軍と戦が繰り広げられるわけさ。当時私は多少大人になったもののまだまだ若さが抜けていなかったからね。死傷者も出るような戦いだったが、恐怖はなかった。むしろどこか愉悦を覚えていたんだ。何せ好き放題に暴れ回れるからね。その一方その頃には私の体内にはすでに哲学的な血液が循環するようになっていてね、まだ完全には発酵していないにしてもだ、敵にせよ味方にせよ戦の最中ながら人を無意識のうちに客観的に捉えていたんだ。文化という鎖から解き放たれた人々のあの表情を思い出すと、哲学書を何冊読んでもたどり着けない真理を垣間見た気がするよ。

それはともかく、ある程度反乱が落ち着いて暇も出てきたので、その植民地を当てもなくぶらぶらしてその辺の酒場に入った。そして酒をちょっとずつ飲んでいると隣に若い女が座ったんだ。その女は別に私に気があったからとかではなく、たまたま私の隣にすわったみたいだった。とはいえ、金髪でなんか女神のような美しさを持っていた女性でね、やはり若かったわたしには気がそそられたわけだよ。それで思い切って声をかけてみたんだ。

「君ここの街の人?」

「そうだよ、あんたは？　まさかアテネから来た奴らの一人?」

美しい容貌の割にはあまり品があるとは言えなかった。とはいえ、どこかそれが魅力でもあった。だがその口調から自分がアテネ人だと明かすのはやめといた方がいいと察した。

「いや、別に。別の街から来た旅人さ。特に当てもなくふらっとこの街に立ち寄ったが、なんでもドンパチが行われていたみたいだね」

「そうだね。うざいったらありゃあしないよ、全く」

「やっぱアテネの人々が嫌いなのかい」

「まあね、と言いたいところだけどあんたはこの街の人間でもアテネの人間でもないみたいだから、いうけど別にどうでもいいもんさ」

「そうなんだね。普通こういう場合、自分の住んでいる街や国を弁護して、攻撃してくる人は侵略者とかで中傷するもんだと思っていたのだがね」

「この街の住民も大体の奴らはそんな感じさ。ただ私にはどうでもよくてね」

「どうでもいい？」

「結局変わりはしない、ってことさ。私は今飲食店を経営してるけどやっぱり態度の悪い客とかもいる。それだけならまだいいがね、経営している店の金も一部を地上げ料とかなんとかいって特に意味もなく権力持っている奴等に差し出さなければならない。煌びやかな繁華街の裏にある金銭争いや権力争いも何回か見たことがある。私はまだ若いのにね。それで、こういうと自分でもおかしいんだがね、これが人間なんだ、って思ったのさ。普通ならこの街の人々は醜いとかなんとか、そんな感じの感想を抱くところだけど、私の場合はむしろ、これが人間なんだな、って感じで達観しきってね」

このセリフを聞くと、私は彼女に最初その外見を見た以上に興味を覚えた。
「じゃあ君は、この街の反乱を鎮圧しに来たアテネ軍は憎くはないのかい」
「いや、憎いといえば憎いねぇ。なんだかんだでしっちゃかめっちゃかになっちゃたわけで、今経営している飲食店も大変になっているからねぇ。でもなんだろ、自分でもよくわからないけど、人生ってこういうもんさ、っていう諦めの気持ちが湧いてくるんだよね。それにアテネが勝とうと、この街が勝とうと同じことさ。結局は上の偉い連中が下のものを食い物にするのだからね」
そんな感じで私は彼女の話を聞いていたのさ。

マ：それで、そのあとは彼女とはどうなったのですか？

ソ：どうもなりはしないよ。ただもうしばらく話をして、そうしたら私は彼女の名前も住所も経営している飲食店の場所も聞かずにそのまま帰っていったのさ。

マ：でもそれって、恋愛とはいえないじゃないですか。

ソ：そうだねえ。でも生半可な恋愛よりもよほどその女性が印象に残っているからね。そう考えるとどうしても今回の話題で彼女のことを言及せずにいられなくてね。

マ：そうなのですね。でもなんで彼女の連絡先とかは聞かなかったのですか。

ソ：そうだね。実は彼女の連絡先を聞くどころか、こう誘おうとしたのさ。一緒に俺とこの街から出て別の街で暮らさないか、ってね。出会ったばかりの女性にこんな具合で半ばプロポーズめいたことをするのも滑稽と思われるだろうが、年齢を重ねた今もそんなに滑稽とは思わないんだ。むしろ理に適った行動だと今でも思っている。私は軍を脱走するわけだから、捕まったら死刑なのはほぼ確実なのだが、それでもなのだ。だが結局私はそれを言わなかった。言うと断られて、傷つくのが怖いから？　いや違う。一緒にこの街を出て、仮に脱走したところで、この女は今浮かべている悟ったのやら諦めたのやら無気力なのやら、なんとも言い難いその表情を変えないだろうと思ったからだ。これが恋愛に発展すれば、逃亡劇にドラマが添えられることになる。それは若者の私としては願ったり叶ったりだ。だが街を脱走してもこんな表情をずっと続けるとなると、なんというか自分のやっていること全てが馬鹿らしいと思うだろう、と思ったのさ。まあ実際に誘ったところで断られただろうがね。

マ：まあ確かに。

ソ：アイスキュロスでもソフォクレスでもホメロスでもなんでもその作品はいいのだがね、主役を張る人物の一人が、やたらと最初から悟りきっていたらドラマは成り立たないのだろうね。どうもそんなのを見るのが怖かったのさ。

編集部より

後世フランス革命期から王政復古時代の政治家でありフランスロマン主義的に重要人物と目されるようになる著者フランソワ＝ルネ・ド・シャトーブリアン（François-René de Chateaubriand）は、一七六八年にブルターニュ地方のサン・マロに生まれた。父は成功を財政的には収めた人物であり、幼少期に貧しさを味わったことはないようである。フランス革命が激化する一七九一年に北アメリカを旅行し、この時の体験が今回収録した『アタラ』と『ルネ』、そして他の作品の契機となったが、翌一七九二年ルイ十六世逮捕を受けフランスへ帰国した。またこの年に結婚したが、夫婦の間に終生子はなかったという。

姓名の示す通り彼は貴族であったため、ドイツで亡命貴族軍に加わったが重傷を負い、妻を残してイギリスに亡命した。一七九八年近辺で相次ぐ身内の不幸より天主教（カトリック）の信仰を得、後に一八〇〇年に帰国を許され文芸誌『メルキュール・ド・フランス』編集に携わった。尚、この『メルキュール・ド・フランス』に関しては小社刊行の『ジャン・モレアスとスタンス』の中で言及しているので、そちらをご照覧いただきたい。

一八〇二年には『キリスト教精髄』を発表しナポレオンの歓心を得るも、政治からは身を引いて著述活動に専念することになる。その後のブルボン王家を支持したり政府批判を行ったりなどして何度か追放処分を受けるも執筆を続け、一八四八年パリに没した。

率直に言うと、この『アタラ』と『ルネ』は文学上級者向けだと言っても差し支えなかろう。文学とは何か、という問いをこの際問うつもりはないが、大学の文学部というところで文学を学ぶ機会を得た者の意見、或いはその観点からこの本が文学上級者向けだと感じた理由を申し述べたい。

現代の文学、もっと言うとテクストを読解するという行為においては多様な視点、切り口からのアプローチが考えられる。有名なものには「人種差別」、「フェミニズム」、「植民地問題」、「宗教とイデオロギー」、「文化の違い」、「歴史」、「ナショナリズム」、「風土記的要素」、「歴史史料としての側面」等が想定され得よう。翻って特に『アタラ』という作品は、現代のテクスト読解の立場から見ると多くの観点を有した作品ではないだろうか。例えば、

人種：白人とインディアン
性：アタラの描写
植民地：白人によるインディアンの土地の収奪
宗教：キリスト教とインディアンの信仰、神と偉大なる精霊
文化：西欧文化とネイティブ・アメリカン

歴史：現アメリカ合衆国におけるヌーヴェル・フランス、フランス植民地での出来事
風土記：当時のアメリカの地名の呼称

ざっと考えただけでも以上のような視点が考えられるだろう。

文学という芸術作品に多様な主題を込めることは原理上可能であるが、本作品は現代の視点から見てこれほど多くの観点が抒情的で美しい文体をもって一つの作品の中に調和して描き切られているのである。まさに著者の芸術性が観念を統御しきった作品である、と言えるのではなかろうか。

二〇二一年三月

編集部より

訳者紹介
高橋 昌久（たかはし・まさひさ）
哲学者。

カバーデザイン　川端 美幸（かわばた・みゆき）
e-mail: bacxh0827.miyukinp@gmail.com

アタラ　ルネ

2023年6月18日　第1刷発行

著　者　フランソワ=ルネ・ド・シャトーブリアン
訳　者　高橋昌久
発行人　大杉　剛
発行所　株式会社 風詠社
〒553-0001　大阪市福島区海老江5-2-2
大拓ビル5-7階
TEL 06（6136）8657　https://fueisha.com/
発売元　株式会社 星雲社
（共同出版社・流通責任出版社）
〒112-0005　東京都文京区水道1-3-30
TEL 03（3868）3275
印刷・製本　小野高速印刷株式会社

ISBN978-4-434-32134-4 C0098